ハコブネ

村田沙耶香

集英社文庫

目次

ハコブネ

里帆・1

骨ばった手が里帆《りほ》に向かってゆっくりと下りてきた。

里帆は、さっきまで確かに膨らんでいたはずの自分の欲望が、静かに押しつぶされていくのを感じていた。

乳房に触れられると、乳首の赤い皮膚にひりついた感触だけが伝わってきて、これを敏感さだというならなぜそれが快楽に結びつくことになるのか少しも理解できないまま、彼のTシャツの裾を握り締めた。胸の中央の血管の透けた皮膚をさらに強く引っかかれ、痛みに下唇を噛《か》み締めた。

「声、我慢しなくていいんだよ」

歯を食いしばる里帆を慈しむような彼の言葉を聞いて、顎《あご》に力を入れて微《かす》かに唇を開く。しかしそのとき、また赤い皮膚に浮き出た血管が引っかかれて寒気が身体を流れていき、里帆は掠《かす》れたうめき声しか漏らすことができなかった。

「感じる？」

それを風変わりなあえぎ声と解釈したらしい彼がうれしそうに、奥歯を嚙み締めて紅潮した里帆の顔を覗《のぞ》きこんだ。その手が鳥肌がたった腹部を撫《な》でながら下りていき、シヨーツの中を潜《もぐ》って奥深くへと進入してきた。

触れられるたびに息ができなくなっていく。

はやく彼から精液を出さなくては。里帆の頭の中でそのことだけが、かろうじて点滅していた。はやく。なんとかして、彼の精液を出すんだ。あの白い液体さえ出れば、全て終わって服を着ることができる。

……彼は里帆の髪をゆっくり撫でた。里帆はやっと自分が裸ではなくなったことにほっとしていた。下着とシャツをしっかりと着込み、目を閉じて彼に寄りかかる。

嫌いな人とセックスをして辛《つら》いのならどんなに良かっただろうと思う。しかし里帆はずっと好きだった相手とやっと身体を合わせたところなのだった。これが彼だけならこの人とは相性が悪かったのだと思えるのだが、本当に好きな人としかセックスをしたことがないのに、肌に直接触れられた瞬間にセックスが拷問に変わってしまう体験を、もう何度も重ねてきていた。

髪の毛の間を滑っていく彼の指の感触にくすぐられながら、なぜこんなに好きなのに自分はセックスが辛いのだろうと考えていた。性行為が辛ければ、どうしても恋人関係を続けていくことは難しい。彼とも別れなくてはならないだろう。

「どうしたの、大丈夫？」

耳元で低い声が響いて、里帆は曖昧《あいまい》に頷《うなず》いた。その低い声にまで生理的嫌悪感を覚えてしまうようになる前に、少しでも多く、彼の声を聞いていたかった。


「おーよ里帆、何やってんだよ」

「ごめんって。お前だっていつも遅れるじゃん」

里帆は黒いスニーカーを玄関に転がしながら言った。部屋にあがると、いつも集合時間など守るものは誰もいないのに、今日はすでに皆、到着済みだった。汚い部屋で焼酎やらビールやらをすすっているだけの飲み会なのにやけに気合が入っているのは、ファミレスのホールで里帆と働くウェイトレスの女の子二人が、初めて飲み会に参加したせいだ。いつも溜《たま》り場《ば》になっているこのアパートの主も、「女の子が来るなら掃除しないと」と言っていただけあって、部屋は見たこともないほど綺麗《きれい》に片付いていた。

「おー里帆、何やってたんだよ」

「ほんとにお前、芽衣《めい》ちゃんと同じホールかよ。表はファミレスの花なんだからさあ。キッチン来いって、そっちのほうが向いてるから」

「うるせーなあ」

そう答えながら、少しほっとする。キッチンの男たちから男の子のように扱われると、身体を締め付ける拘束具が緩んだように楽になる。

「芽衣ちゃんたちはさ、彼氏とかいないの？」

キッチンの男の一人がそう問いかけると、芽衣ちゃんは恥ずかしそうに首を横に振った。

「まじで？　ほっとかないでしょ、周りが。本当はいるんじゃないの？」

「そんなことないです、ぜんぜん」

身を乗り出してしつこく芽衣ちゃんにたずねる男に、里帆は近くにあった漫画雑誌を投げつけた。

「やめなよ、ほら困ってるじゃん。あんた、しつこいよ」

「痛《い》てえなあ。うるせえよ、里帆には聞いてねえよ」

そう言いながらも怒った様子はなく、男は笑って雑誌を拾って立ち上がり芽衣ちゃんのそばを離れた。

「ありがとうございます、里帆さん」

小さく頭を下げる芽衣ちゃんに「気にしないでよ、こいつらバカだからさ」と言うと、近くにいた岡崎《おかざき》という大学生が、

「誰がバカだよ」

と言いながら里帆の背後から腕を回して首をしめてきた。

「苦しいって、岡崎！」

抵抗してもなかなか離さない岡崎に肘鉄《ひじてつ》を食らわせると、骨ばった腕が首から離れた。やっと息苦しさから解放された里帆は、部屋の真ん中に転がっていた袋を取ってポテトチップスをつまみながら、奥に座っているふわふわとパーマがかかった頭に目をやった。小柄で華奢《きゃしゃ》な芽衣ちゃんはベッドのそばで下着が見えない器用な体育座りをして、横の女の子と笑い合いながらオレンジジュースを飲んでいた。なめらかな膝の見える丈の淡い桃色のスカートが、白いふくらはぎに柔らかくはさまれている。押されて少しふくらはぎが潰れ、横にひろがっているのに、十分すぎるほどその足は細い。

「里帆さん、彼氏いないんですか？」

芽衣ちゃんの足首につい目を奪われていると、その隣で携帯をいじっていた女の子が不意にこちらを向いた。

「いつも、休憩中にメールしてるし、男友達多そうだし。だから、てっきりいるのかなあって思ってました」

「まさか。彼氏なんて、できたことないし。だって私、そういうタイプじゃないじゃん」

笑い飛ばしながら、目を伏せてビールの缶に手を伸ばした。

「こいつに、そんなのいるわけねーじゃん。こんな男女《おとこおんな》、俺だったら絶対、やだもん」

岡崎の笑い声が聞こえてきて、ほっとしながらぬるいビールをすすった。アルバイト先の誰にも、自分に少し前まで恋人がいたことを話していない。

芽衣ちゃんが、華奢な手首をますます強調するブレスレットのようなピンクゴールドの時計に視線を落とし、隣の女の子の肩を叩《たた》いた。二人は顔を見合わせると、スカートを押さえながら立ち上がった。

「あの、あたしたち、家族が心配するんで、そろそろ帰らないと」

「え、そんなのいいじゃん、もう少し大丈夫だって」

「ごめんなさい。うち、厳しいんです」

「じゃあさあ、俺、家まで送るよ、部屋までででもいいけどさあ」

そう言って笑う男の頭を軽くはたき、里帆は「私が送ろっか？ 道わかんないでしょ。大きい通りまでだけでもついてってたげるよ」と言った。芽衣ちゃんは微笑《ほほえ》んでこちらを見た。

「いいんですか？」

「もちろん」

「でも、夜遅いし、里帆さんだって危なくないですか」

岡崎が大声で笑いながら、煙草《たばこ》を咥《くわ》えてベッドに腰掛けた。

「平気平気、こいつは女じゃないもん」

里帆は「うん、私は大丈夫、行こ」と立ち上がった。

芽衣ちゃんはまだ店に入って二ヶ月ほどしか経《た》たないが、すっかりキッチンの男たちのマドンナになっており、里帆は、芽衣ちゃんの電話番号を聞き出せ、飲み会に呼び出せ、などとせっつかれていたのだ。芽衣ちゃんはどこかもて慣れていて、天然っぽく振舞いながらいつも自分に言い寄る男たちをうまくあしらっていた。「女の子」であることがとても上手なところに、里帆は魅《ひ》きつけられていた。

大通りまで二人を送り、路地を戻って部屋に帰ると、「女の子がいなくなったからAVでも見るかあ」と声がした。見ると、部屋の主の男が戸棚の中のDVDを漁《あさ》っているところだった。

「里帆、お前いいのかよ」

煙草を吸いながらこっちを見て笑う男に、「いいよ別に、勝手に見れば」と答えながら、里帆は転がっている煙草の箱を拾い上げた。

「誰のかわかんないけど、これ一本もらう」

と言って箱から一本抜きとると、火をつけないまま咥えて漫画雑誌を開いた。

この部屋で里帆一人男連中に交ざって飲んでいると、いつもこういう流れになる。ひとしきり飲んだあとは、ゲームをする場合も多いが、「よし、上映会でも始めるかあ！」と誰かが言い出すとＡＶの鑑賞をする流れになる。それから二時間ほどは、里帆は参加せずに漫画を読んで、鑑賞会が終わるのを待つことが多かった。ビデオを見終わると何事もなかったように、誰かが「勝負しようぜ」などと言い出し、今度はトランプ大会になるのだ。

漫画を読みながら横目でＡＶを見ると、若い女の子がインタビューに答えているところだった。可愛《かわい》いなと思って少し興味をもったが、いざ服を脱いで行為が始まるとグロテスクにしか思えず、すぐに目を伏せて漫画に没頭した。

ふと顔を上げると、岡崎がこっちを見ていた。

「なに？　岡崎」

「いやあ、何でもないけど」

里帆は一応用心のためにドアのほうへ近づきながら鍵が開いていることを確認すると、その側《そば》にあぐらをかいて座り込み、煙草に火をつけた。女の身体は不便だなと思いながら慣れない煙を吸い込んでいた。

だらだらと飲んだりゲームをしたりして時間を過ごし、里帆が帰ったのは翌朝だった。家のドアを開け、リビング兼ダイニングを通り抜けて自分の部屋へ向かおうとすると、朝ご飯を作っていた母がこちらを見た。

「あら、おかえり。まったく、また朝まで遊びまわって」

「いつもみたく、友達の家で飲んでただけだよ」

「わかってるけど。電話くらいしなさいよ、まだ未成年なんだから」

「わかったわかった、次からそうするから」

「ちゃんとするのよ。ま、仲がいい友達がいるのはいいことだけどねえ」

言葉では注意しているが、母はどこか呑気《のんき》だった。友達が男だと判《わか》ったら激しく叱られるだろう。男連中と女一人で朝まで飲み明かしているとは言えず、バイトの女の子たちと遊んでいることになっていた。

「いつも泊めてもらって、お礼しなくていいのかしら」

「大丈夫大丈夫、向こうも一人暮らしだから、あんまり堅苦しいことしないほうがいいって」

「それならいいけど、たまにはお菓子くらい持って行きなさいよ」

適当に返事をしながら部屋に入り、ベッドに寝転んだ。天井を見上げると不意に三ヶ月ほど前のセックスの記憶が甦《よみがえ》り、呼吸が苦しくなった。

愛撫《あいぶ》されるごとに押しつぶされていく自分の身体がありありと思い起こされ、思わずシーツを摑《つか》んだ。額に脂汗が浮かぶ。酸素の薄さに耐えかねて深く息を吸った瞬間、ふっと、甘い香りが漂った。芽衣ちゃんのつけていた香水の香りだった。

昨夜、路地を一緒に歩きながら軽くぶつかった細い肩を思い浮かべる。芽衣ちゃんは男の子にもてるので、パートのおばさんから悪く言われている。けれど里帆は芽衣ちゃんがいるといつも目線をそちらにやってしまう。香水の匂いを追いかけるように自分のTシャツの肩に鼻を近づけながら、ふっと、自分は芽衣ちゃんに欲情しているのではないか、と思いついた。

彼と別れ、もうこれから誰を好きになっても同じ苦しさの繰り返しであるような気がして呆然《ぼうぜん》としていたとき、新しいアルバイトとして芽衣ちゃんが入ってきた。

初めて会ったときはただ、可愛い子だな、と思っただけだった。しかしバックルームで一緒になったり言葉を交わしたりするとき、その細い首筋や茶色く透けた髪の毛をつい見てしまうし、触れたいと感じる瞬間もあった。

自分は女の子が好きなのかもしれない。セックスがこんなに辛いのは、そのせいかもしれない。そう思うと、芽衣ちゃんの柔らかそうな小さい身体を一度でいいからこの腕で包んでみたいという衝動がこみ上げてきて、シーツを握っている手に力がこもった。

相手が悪いのではなく相手の性別が悪かったのではないか、という思いつきは里帆をとらえた。もしかして、自分は男なのではないだろうか。そう思うと少しだけ呼吸が楽になった。

脂汗を拭きながら起き上がり鏡を見ると、セミロングの髪にハーフパンツとTシャツ姿の自分がいた。鏡の中の自分と目を合わせた里帆は、そのまま服を脱いでみた。下着をベッドに放り投げ、全裸になって鏡を見つめる。違和感を探すように、膨らんだ乳房と尻に手のひらを這《は》わせた。しかしいくら触れても、自分の肉体に居心地の悪さを感じ取ることはできなかった。

挨拶をしながら店に入り、バックルームの隅にある小さな一人用の更衣室のドアを閉め、ウェイトレス用の制服とストッキングを身につけていく。その作業と一緒に、女だということを自分の肉体に纏《まと》っているような気持ちになる。それでは服を着る前の自分は何なのだろうと、ドアの裏側にぶら下がった、指紋で汚れた小さな鏡に顔を映しながら、ぼんやり考えた。

肉体に違和感はなくても、この息苦しい制服はどうも着心地が悪い。しかし自分は男の子かもしれないと思ってみると、わずらわしいその感覚が宝物のように感じられる。

「里帆ちゃん、悪いけど四番のお客様に、珈琲のおかわりお願いできる？」

ホールへ出ると、パンケーキにトッピングをしているパートのおばさんから声をかけられた。

「すぐ行きます。いつもの人ですよね」

「そうそう、ブレンドね！」

里帆は急いで新しい珈琲をカップに入れた。アメリカンはそのまま注《つ》いでもいいが、ブレンドは新しいものを淹《い》れてカップごと交換することになっている。

トレーに新しい珈琲を載せて四番の席に近づくと、やはりいつもの女性だった。三十代前半くらいのＯＬ風の女性だ。毎日というほどではないがかなりの常連客で、里帆が八時に店に来るとすでに食後の珈琲を飲みつつノートを広げている。早朝から働くパートのおばさんによると、随分早くから来てモーニングセットを食べながら勉強をしているのだそうだ。出勤前らしく、八時過ぎにいつも頼む珈琲のおかわりを飲み終えると、急いでノートを鞄《かばん》にしまって出ていく。

朝早くから来ているのに身なりはいつも整っていて、一体何時に起きているのだろうと考えてしまう。今日も黒い髪を綺麗に巻き、手首にも首元にも繊細なアクセサリーが光っていた。

「珈琲のおかわりをお持ちしました」

「ありがとう」

女性は顔をあげて小さく微笑んだ。ピンクがかったベージュの口紅のラインが少しだけぼやけている。ふと見ると、白いカップに微かに口紅がついていた。

カップの縁に残るピンクベージュを見ながら、それを下げてテーブルを離れようとすると、「あの」と呼び止められた。

「ストッキング、伝線しかけてるわよ」

女性がシャープペンシルで里帆のふくらはぎを示した。

「あ、はい、気付いていたんですけど、これしかなくって」

「じゃあこれ、使って、止めるのに」

女性は鞄を開け、ポーチの中からマニキュアを取り出した。

「え、そんな、大丈夫ですよ」

「いいのよ、安物だから。もうすぐなくなるし、このままもらってくれたほうが助かるわ」

「あ、ありがとうございます」

慌ててお礼を言って受け取り、エプロンのポケットに入れた。

カウンターの中に戻ると、芽衣ちゃんがパンケーキに載せるアイスを掬《すく》っているところだった。

「里帆さん、これ、硬くって。どうしよう」

「貸して、やったげる」

里帆はスプーンを受け取り、力をこめてアイスを掬った。冷凍庫から出したばかりのバニラアイスは確かに硬かった。身を乗り出し、腕に筋を浮かび上がらせながら力をこめ、なんとか掬うことができた。

「はい」

アイスが入ったスプーンを渡すと、芽衣ちゃんはうれしそうに微笑んでそれを受け取った。

「ありがとうございます」

「平気平気、力仕事はまかせなよ」

「里帆さんって、かっこいいですよねえ」

里帆は思わず、芽衣ちゃんのカラーコンタクトの入った大きな黒目を見つめた。

「そうかな？」

「サバサバした女の人でも、ほら、自分に自信がないからそう振舞ってるタイプの人っているじゃないですかあ。あたし、そういう人にいつも嫌われちゃうんですよね。けっこう中身、ドロドロしてたりして怖いんですー。でも里帆さんはぜんぜん違うから好きです。本当に男の子みたいでかっこいいし」

「や、ほんとの男に比べると、やっぱ、腕力ないんだけどさあ」

そう答えながらも、里帆は自分が男の子と見做《みな》されたようで気持ちが浮き立ってしまう。

パンケーキのところへ戻ってトッピングを再開した芽衣ちゃんの、下を向いて伏せられた長い睫毛《まつげ》を見ていると、パートのおばさんから声がかかった。

「あ、里帆ちゃん、ちょっと新しいカップとってきてくれる？　足りなくなっちゃって」

「あ、はい、わかりました」

里帆は慌てて洗い場に走り、「もらいます」と声をかけて新しいカップの入ったケースを持ち上げた。

ふと、ステンレスの棚に映った自分の顔を見た。薄い化粧をしなくてはいけない決まりだが、里帆はリップクリームしか塗っていない。その顔と制服がミスマッチで、やっぱり自分はキッチンのほうが向いているなと思った。エプロンのポケットの中には、さっき女性客からもらったマニキュアが転がっていた。


バイトを終えてファミレスから出た里帆は、携帯電話で「男装」を検索してみた。そのまま水色の自転車を置いて地下鉄に乗り、繁華街をいくつか廻《まわ》って、思いつく限りの男装グッズを買ってみた。

家に入る前に買ったものを鞄にねじ込もうとしたが入らず、しょうがないので脇に抱えて「ただいま」と小さな声で言いながらリビングを抜け、親や弟に見咎《みとが》められないよう急いで部屋に入って襖《ふすま》を閉めた。

深呼吸して紙袋を開く。まず、淡い紫色の箱に入ったウィッグを取り出した。

セミロングの髪の毛を縛ってネットの中に押し込む。箱に描かれた説明図を見ながらお辞儀のような格好でウィッグを頭にかぶり、起き上がって髪の毛を押し込む。鏡の前に行くと期待していたのと違い、女のままの自分がいた。

短髪になったことで、頬の膨らみや首元の女性らしいラインがかえって強調されているような気すらする。

少し顔をしかめたが、今度は胸の膨らみを押さえるための、伸縮性の強い素材の黒いタンクトップを取り出した。今日買い物した中で一番高価なものだ。

これは高校のころ、コスプレが趣味だという子と知り合ったときに教えてもらってから、ずっと興味をもっていたものだ。あのころからひょっとしたら自分には潜在的にそうした願望があったのかもしれない。

わざわざ秋葉原のコスプレ専門店にまで行って買ったそのタンクトップを広げ、頭からかぶって着ようとした。だがうまくいかない。

ジーンズを脱いで下から穿《は》こうとしてみたが、それでもきつすぎて着ることができなかった。

サイズを間違えてしまったのかと舌打ちしながら、袋についていた説明書きを取り出して改めて読み返した。ウィッグをとって放り投げ、再びタンクトップを頭からかぶる。

締めつけが物凄《ものすご》く強いストッキングをかぶっているようで、腕を痛めそうになりながらなんとか身につけることに成功した。装着してしまうと意外なほど息苦しさはなく、黒い布地が身体にぴったりとはりついた。

ウィッグを拾い上げながら鏡を見て、里帆は思わず動きを止めて鏡の中の自分に見入った。そこには胸のなくなった自分が映っていた。

驚いて胸を撫でてみたが、少し胸板が厚い男性といった感じでかえって男らしくすらある。もともとBカップが少し緩い程度のさして大きくもない胸だが、それでもこれほど綺麗に消えるとは思わなかった里帆は、まじまじと鏡を見た。

それから慌てて再びウィッグをつけ、こんどは袋から少しサイズが大きめのチノパンを取り出した。ベルトを締めて鏡を見ると、タンクトップとチノパンを着用した部分だけは男らしく、むき出しのラインからは隠しきれない女らしさが漂う、奇妙な姿の自分がいた。

しばらく鏡を見ていた里帆は、だんだんと、自分が元からこういう生き物であったような気がしてきた。男と女が肌の上で交じり合っている。ここからなら、第二次性徴がやりなおせる気がした。身体の発達に従うのではなく、自分の意志でもう一度第二次性徴をやりなおして、好きな性別を選び取ろう。ふっとそう思った。

すると鏡の中にいる男と女が交じり合った自分が、小学校の低学年のころ、まだ性別の意識も浅いまま男の子と同じ教室で体育の着替えをしていたころの自分と重なった。

鏡に映るチノパンに視線を落とし、ファスナーの金具の鉛色の光を見つめた。その奥にある自分の性器を、里帆は一度も見たことがなかった。

女性器に嫌悪感があるわけではなかったが、得体が知れなくて恐ろしいので、直視することができなかったのだ。自分はまだ、自分の性器を受け入れられないでいる。セックスが苦痛なのはそれが原因なのかもしれない。

なぜ今まで気付かなかったのだろう。自分は女とは限らないのだ。そう思うと、鏡の中の自分がとても身軽な存在に見えて、そのままどこかへ走り出していってしまいそうだった。この姿で外に出て少しずつ、自分が本当は男の子なのか、やはり女なのか知っていこう。そう考えた次の瞬間、この姿のまま外に出ることが果たしてできるのかという疑問が湧きあがった。

肉体は女で心は男である人たちが集まるバーやカフェがあることは知っていたが、こんな中途半端な状態で行くことはできない。そこは性が確定した人の居場所なのだろうと感じた。カミングアウトをする内容を自分でしっかりと摑んでいないままでは、仲間を見つけることもできない。

この姿で過ごせて、知り合いがいなくて、できれば何回も通えるような場所はないだろうか、と考えを巡らせた。そこでだけ、第二次性徴前のこの姿の自分でいられ、会話がなくて服装について聞かれたりせず、それぞれが独立していて交流があまりないほうがいい。他者との関わりがなくて、それでいて他者がたくさんいるような場所がいいのだ。

　蒸れてきたウィッグを外してパソコンへ向かい、検索サイトでいろいろ調べてみたがなかなかいい場所は見つからなかった。ひそひそ話をされるのも嫌なので、会話が禁止されているくらいの所がいい。思うような居場所が見つからなくて、「勉強　身体」と打ち込んだ。望んだ結果が出てくるはずもなく、いやらしいサイトから目をそむけて違う言葉を検索しようとしたとき、画面の脇にある、「自習室」という文字に目が留まった。

　それは検索結果ではなく、「勉強」という言葉に反応した広告サイトだったが、里帆は思わずそこをクリックしていた。

「自習室」というあまり聞きなれない場所の説明を、熱心に読んだ。そこは友達同士で行くような場所ではなく、図書館のようにそれぞれが自分の作業に没頭していて、会員同士の交流などもないらしい。一人一人が自分の机に向かって、勉強しているだけのようだ。この姿で人と話す自信のない里帆は、吸い込まれるように、見学申込みのメールフォームに名前を打ち込んだ。勉強をしている人たちの背中の間でなら、この自分を晒《さら》すことができそうに思えたのだ。

　里帆は自習室のドアのある廊下を進んだ先の、狭い女子トイレに入った。五時までのアルバイトを終え、自転車でそのまま直行したのだ。

インターネットで、家と近すぎず、知り合いと会う可能性が低そうな場所を探して申込んだ。簡単な見学をしてすぐ自分の座席を決め、その場で現金を支払った。月々、大体二万円弱だ。痛い出費だが、払えない額ではない。それに一ヶ月で「第二次性徴」を終えれば、出費はこれで終わりだ。そのためにも急がなくてはと思いながら和式の便器をまたいで立ち、ドアの上部のフックに荷物をかけた。

深呼吸をして汗ばんだTシャツを脱ぐ。生ぬるい空気に触れた肌から、さらに汗が滲《にじ》み出た。手際よくタンクトップとウィッグを身につけていく。ふっくらした腕のラインが気になるので、上から薄手のパーカーを羽織った。シャツだと男女でボタンの位置が違うから、なるべくそういう区別がないものを選んだのだ。

その格好のまま再び廊下へ出ると、白い扉があった。

「自習室　リトルバード」と小さく表示された扉の横にある認証機械のボタンを押して、指をかざす。申込みのときに、一人一人番号を与えられて指紋を登録するのだ。里帆の指紋を認識した機械が音をたて、鍵が開く。里帆はゆっくりとその中へ踏み込んだ。

人が多い時間のせいか、部屋は見学のとき感じたより狭く思えた。有料のロッカーの前を通りすぎるとおせんべいや飴《あめ》が置かれた小さな台があり、「ご自由にどうぞ」と小さく書かれた紙が貼られていた。

見学のときにはほとんど中を見ず、簡単な説明を受けたあと座席表を見せられてすぐに一番安い席に決めてしまったので、里帆は興味深く室内を見回した。奥には一台だけパソコンが置いてある。それは自由に使っていいと説明を受けていたが、今は、ワイシャツ姿のサラリーマン風の男性が占領している様子だった。男性がこちらを向きかけたので、慌てて隠れるように狭い通路を右に曲がった。

休憩用の椅子が並ぶ通路を抜け、奥の「自習室（パソコン・電卓不可）」と貼り紙がされた扉を開いた。ここから先は一言も喋《しゃべ》ってはいけないという注意書きも貼られていた。

静まり返る部屋の中へ一歩踏み出したとき、ゆらりと床が揺れた気がした。里帆は思わず周囲を見回したが、ただの立ちくらみのようだった。溜息《ためいき》をついて、自分の席へと進む。揺れのせいか、一度だけ行ったことのある横浜の氷川丸《ひかわまる》を思い出した。まだ僅《わず》かに感じる揺れを堪《こら》えながら進む。中にも、「音を立てずに！」「足音にも気をつけてください」「咳《せき》が止まらないときは、自習室の使用をお控えください」と、細かい手書きの注意書きがあちこちに貼られていた。

中には子供用の勉強机をさらに小さくしたような、前に本棚のついた木の机が並んでいる。里帆は俯《うつむ》いて、貼り紙の指示に従い足音をたてないように用心しながら通路を歩いた。息を潜めてパーカーの胸元を強く握り締めていたが、心配しなくてもこちらをわざわざ振り向くような人は一人もいなかった。

机は三分の一ほど埋まっていた。自習室には、登録者が一回一回自由に座席を選ぶシステムの場所も多いが、ここは専用の机をもらえて、自分がいないときでもそこには誰も座ることはないので、荷物を置きっぱなしにできるし、いつでも座席が確保できるという仕様だった。なので、椅子が空《あ》いている机にも、その座席の持ち主の参考書や分厚いファイル、ウェットティッシュや歯ブラシまで、様々な物が置きっぱなしになっていた。

見学のときは昼間だったのでわからなかったが、こうして見ると社会人――里帆より年上の、会社員風の男女――が多いようだった。机を見ると大体その人が何の勉強をしているのかわかる。ぎっしりと行政書士、宅建などの参考書が並べられた机もあれば、ファイルなどが並んでいる机もある。特に資格を目指しているわけではなく、単に仕事用に使っている人も多いようだ。大学受験などの学生が多いかと予想していたが、思ったより落ち着いた雰囲気のようだった。

通路を左に曲がり、奥の狭い机にやっとたどりついた。手元にある「64番」という数字と照らし合わせ、ほっとして机に触れた。そこが里帆の専用の机だった。

顔を伏せるようにしながら、里帆は急いで腰掛けた。ここまではほとんど机に向かう背中ばかりで里帆の方を見る人はいなかったが、腰掛けてしまえば、いずれ両隣や後ろの席の人がこちらを振り向いたときに里帆の中性的な格好に気付くだろう。周りから自分はどう見えるのだろうか。そう考えると、身体が強張《こわば》った。真剣に勉強をする人たちの間で、自分がとても場違いだと感じた。

里帆は鞄から性別違和などのテーマを取り扱った本を取り出した。カバーをかけたそれらを机の上に並べる。インターネットのページを印刷したファイルもある。こうなれば徹底的に勉強してみようと思ったのだ。

ノートにまとめていこうと勢いよく開いた瞬間、腕が当たった鞄から、筆箱が零《こぼ》れ落ちて音を立てた。慌てて拾い上げると、斜め後ろの女性がこちらを見た。

その顔を見た里帆は、思わず息を呑《の》んだ。数日前、ファミレスでマニキュアをくれたあの女性だった。女性はこちらをしばらく見ていたが、やがて目をそらし、机へと向き直った。

「ただいま」

リビングを通り抜けて奥の和室に向かいながら、ソファに座ってテレビを眺めている母に声をかけた。

「あら、おかえり。遅かったじゃない。またお友達のとこ？」

「今日はバイトだよ。ご飯、何？」

「もう食べちゃったわよ。何か作る?」

「ううん、いい」

ちゃんと食べなきゃ駄目よ、とお小言を言う母に適当に返事をしながら、部屋へ入って襖を閉めた。

ベッドに潜り込むと、斜め後ろにいた女性の顔が浮かんだ。地元の知り合いが来ないような場所にしたのに、アルバイト先の客がいるとは思わなかった。電車賃がかかっても、もっと離れた場所にするべきだった。

気を重くしているのはそれだけが原因ではなかった。何時間も第二次性徴前の姿になって自習室で過ごしたのに、自分が本当のところ男なのか女なのか、発見するとっかかりを見つけることはできなかった。勉強と思って開いた本には、肉体的な性別への激しい嫌悪感について詳しく描写されていて、それは里帆の中には存在しないものだった。

自習室の扉を開けた瞬間は、自分がどこへでも自由に乗り出すことができるんだと感じられた。けれど扉の中は出口ではなく行き止まりなのかもしれない。

目を閉じると、さっきまでこの肉体に性別がなかったことが夢だったような気がした。

里帆は溜息をつくと、目を閉じ冷たい枕に顔を押し付けた。

里帆は翌日、その翌日も五時までのアルバイトを終えると自習室に向かった。その日も同じようにトイレで着替え、ウィッグをずれないようにしっかりとかぶり、鏡で何度も確認したあと、俯いて自習室のドアを通過した。

早く検証を終えて自分の性を判明させたい。里帆はあせり始めていた。

バイトを終えてからろくなものを食べていなかったせいかお腹がすいていた里帆は、リフレッシュルームで近くのコンビニで買ったおにぎりを食べ始めた。

自習室の座席で食事をすることは禁止されているので、一応リフレッシュルームと呼ばれる休憩所が用意されている。だがルームとは名ばかりで、実際には通路に椅子が並んでいるだけだった。

自習室はパソコン使用可の部屋と、パソコン・電卓不可の静かな部屋とに分かれており、その二つを繋《つな》ぐ通路に横並びに黒い椅子が四つ並べてある。それがリフレッシュルームなのだ。ホームページには「テーブルもあります」と書いてあるが、実際には、入院患者が食事をするときに使うようなプラスチックの小さな台で、それも一台しかなく、他の人が使用している場合は膝の上に載せて食べるしかない。

通路の一番端には、更衣室のような簡易カーテンで仕切られた中にマッサージチェアが置いてある。誰でも使用していいことになっているが、薄汚れているので女性はほとんど使わない。

通路はそれほど広くないので、自習室に向かう人が前を通るたびに、「すみません」

と足をひっこめなくてはならず、のんびり足を伸ばして食べることもできない。椅子と向かい合う壁には、「リフレッシュルームでは、声を小さくして喋ってください。普通に会話をすると自習室に響きます」「床にこぼしたジュースなどはすぐに拭いてください。意図的に放置した人からは罰金をもらいます」などという注意書きの紙が貼ってある。注意の羅列が貼られた白い壁と向き合って食べていると息苦しくなる。

自分で平らにしておきながら、胸のない自分の身体を隠すように、テーブルと称する台をなるべく自分のほうへ抱きかかえるように引き寄せておにぎりを頬張った。なんとかご飯のかけらを飲み込み、薄い酸素に耐えられずに深い呼吸を繰り返していると、突然、上から女性の声がした。

「あの、失礼ですけど、ファミレスの店員さんですよね」

驚いて顔をあげると、あのマニキュアの女性が里帆の前に立ち、微笑んでこちらを見下ろしていた。

「は、はい」

口の中のご飯の塊《かたまり》を慌てて飲み込んで、里帆は頷いた。開いていたパーカーの前を慌てて左手で閉じ、平らな胸を隠す。そんな里帆を気にしない素振りで女性が続けた。

「やっぱりそうなの。偶然ね。ね、こんな狭いところで食べてると、気持ち悪くなっちゃわない？　屋上のほうがいいわよ」

「えっ」

里帆は瞬《まばた》きして女性を見た。ホームページにも、見学のときにも、そんな説明はなかったからだ。

「そんなとこ、あるんですか？」

何気なく返しながら、声が掠れた。

「そうよ。あんまり人が使ってないから、居心地いいわよ。一緒にどう？」

迷いながらも頷くと、女性は里帆の身体を押しつぶしていた台をどかしてくれた。

「こっちよ」

指紋認証の機械がついたドアを出て給湯室の横にあるクリーム色の扉を開くと、狭い階段があった。手すりにつかまって上がっていく女性の後ろ姿を、里帆はパーカーの前を閉じたまま複雑な気持ちで見上げた。

女性が自分に声をかけてくるとは思わなかった。里帆は初めて自習室で自分を見られた日、女性が何か言ってくるのではないかと緊張していた。だが女性は最初に目が合ったとき以外は一度もこちらを見なかった。おそらく何かの「事情」があってこの格好をしているのだと考え、見て見ぬふりをしてくれているのだろうと、里帆は少しほっとしていたのだ。先日とはうって変わった親しげな様子には戸惑ったが、この格好については気がつかないふりを続けてくれているようだった。

女性は今日は、薄手のストライプのシャツに、白いデニムのスカートを穿いている。しっかりと巻かれた髪と隅々まで整えられた爪と肌、手首を滑るアクセサリーなどからは、女としての隙のなさが感じられた。

「ここよ」

階段の上から女性が手招きした。里帆が屋上に顔を覗かせると、強い風が吹き抜けてウィッグの前髪が浮き上がった。

慌ててそれを押さえながら屋上へあがった。低いビルの屋上には何の照明もなかったが、周りの高い建物の明かりに照らされてぼんやりと輪郭が見えた。思ったよりもずっと広く、生ぬるいビル風が、また里帆の足元を吹き抜けていった。

見上げると、もう夜で空は藍色《あいいろ》になっているのに、街の明かりのせいかやけにはっきりと、雲がいくつも浮かんでいるのが見えた。

「知佳子《ちかこ》！」

マニキュアの女性が呼びかけるのを見て、初めて、薄暗い屋上の隅で、フェンスに寄りかかっている別の女性がいることに気がついた。

「あたし、平岡《ひらおか》知佳子。よろしくね」

「佐山《さやま》里帆といいます」

里帆は慌てて頭を下げた。知佳子はキリンの絵が描かれたコミカルなTシャツに、淡い水色のデニムスカートを穿いていた。化粧っ気のない顔は目も鼻も丸く、里帆と同じ年くらいに見えた。

大判のハンカチを敷いて慎重に腰を下ろしながら、マニキュアの女性も微笑んだ。

「毎日のように顔をあわせていたけど、名前は初めて知ったわね。私は芹沢椿《せりざわつばき》。よろしくね」

「自習室って、けっこうなごやかなんですね」

交流がないとインターネットなどで書かれていたのは間違いだったのかと、里帆は少し後悔していた。知佳子がTシャツのキリンの上に落ちたサンドイッチの屑《くず》を払いながら、笑ってこちらを見た。

「いや、皆、自分の勉強するばっかりで、会話なんてほとんどないよ」

笑うと目尻が下がって、ますます幼い顔になった。里帆は目を丸くして首をかしげた。

「そうなんですか？」

そういえば、リフレッシュルームでも、会話をしている人たちなどは見かけなかった。この二人が特殊なのかもしれない。

「あたしたちは、元から友達だもん。椿とは、幼馴染《おさななじみ》なんだあ。ずっといっしょなの。小学校でも中学校でも、同じクラスだったんだよ」

知佳子は椿よりかなり若く見えていたので、二人が同級生と聞いて少し驚いた。知佳子が里帆の顔を覗き込んだ。ウィッグであることを見抜かれそうで思わず身をひく。気にしない様子で知佳子が微笑んだ。

「里帆ちゃんは、まだ学生って感じだね」

「あ、十九です、フリーターです」

「そっかあ。あたしたちはね、今年で三十一」

年齢と見た目にあまりに違和感があり、ますます知佳子が不思議な人に思えて、その化粧っ気のない顔を見つめた。

「この自習室、社会人って感じの人が多いですよね。お二人は、何の勉強をしてるんですか？」

ついたずねてしまい、すぐに後悔した。自分が聞かれたら答えられないからだ。

そんな里帆の気持ちを見透かすように、椿は笑った。

「まあ、そう聞かれたらちょっと困っちゃうかなあ。いろいろやってるから。人それぞれよね。ここはいろんな人がいるし、それぞれ、自分のしたいようにすればいい場所なのよ」

里帆は慌てて何度も頷いた。

「そ、そうですよね。立ち入ったこと聞いて、すいません」

「別にいいのよ。私は、仕事のための資格をいろいろとるのが趣味なの。趣味というより、そういうのがないと不安なのね。一応、簿記の二級は持ってるんだけど、それだけじゃちょっとね。TOEICでももっと上を目指したいし……でもあんまり欲張っても大変だから、今は秘書検定の勉強に絞ってるの」

横でサンドイッチを食べていた知佳子が、茶色く透けた目でこちらを見上げた。

「あたしは、何か目的があるわけじゃないんだ。ここが好きで通ってるだけ」

里帆は目を丸くして知佳子を見た。月二万近い会費を払って、好きなだけで通っているのだろうか。そんな物好きは自分くらいだと思っていた。

「なんとなく、雰囲気が好きなんだよねえ。皆で部屋に集まって夜遅くまで勉強してるのって、いいでしょ」

「知佳子は変わり者なのよ」

椿は肩をすくめた。里帆は改めて知佳子を見た。その髪の中を風がすりぬけていく。心地よさそうに目を細めて、知佳子が言った。

「夜のピクニックっていいよね。昔、寄宿舎の女の子たちが夜のピクニックしてる小説読んだことがあってさ。すごい好きだったなあ」

そう言われると、なんとなくこうして、夜空の下でおにぎりやサンドイッチを頬張っていることが、特別な出来事に思えてくる。知佳子の柔らかい喋り方は、こちらをリラックスさせてくれた。

ずっとパーカーの前を握り締めていた里帆の左手の力が抜け、平らな胸に生ぬるい風が吹き込んできた。おそるおそる、いつもバイトの飲み会でやっているようにあぐらをかき、知佳子からもらったサンドイッチを食べ始めると、やっと、自分がこの格好で普通に振舞うことができているように感じられた。

「こんなに暗いのに、また、椿は」

不意に知佳子が笑ったのでそちらを見ると、椿が日焼け止めを塗っているところだった。

「夜でも紫外線は降っているのよ」

「へえ。見えないけど届いてるんだねえ、光が」

知佳子がふっと空を見上げた。真剣な表情で腕に日焼け止めを擦《す》り込んでいる椿を見ていると、椿にだけ、里帆には見えない太陽の光が降り注いでいるように思えた。

腕に塗り終えたのでもう終わりかと思っていると、今度は手に大量に取って、襟を開いて塗り始めたので少しびっくりした里帆は、思わず細い指先から零れる白い液体をじっと見てしまった。視線に気がついたのか、こちらを見て、椿が困ったように笑った。

「首が一番、気になるの。皺《しわ》ができちゃって」

言われて椿の細い首を見ると、その白くて薄い皮膚には、幾本もの細い筋が刻まれていた。それは陶器に入ったひびのようだった。

その繊細なひびの先を視線でたどると、細くなりながらストライプのシャツの下に潜っていた。その淡い筋をぼんやりと見つめていると、

「みっともないでしょ」

と目を伏せながら椿が言い、シャツのボタンをとめた。つられるように里帆も思わず左手でパーカーの前を合わせ、平らな胸を隠しながらサンドイッチにかぶりついた。


テーブルを拭きながら、里帆は、手の皮膚に浮かぶ自分の骨を見ていた。骨に性別はあるのだろうか、などと考えていると、パートのおばさんが呼びかける声がした。

「二番にブレンドお願い、里帆ちゃん」

はっと顔をあげ、慌ててカウンターの中に入って新しいブレンドを用意した。

暇な時間だったので、ついでに新しい水もトレーに載せて持っていくと、そこには椿が座っていた。

「お待たせしました。お水もお取替えしますね」

頭を下げて、氷の溶けかけた水のコップを新しいものと交換した。

「ありがとう」

椿は微笑み、再びノートに視線を落とした。カウンターに戻ると、パートのおばさんから声がかかった。

「ごめん里帆ちゃん、氷がないみたい。表は見てるから、ちょっと持ってきてもらえる？」

「あ、わかりました」

キッチンにある冷凍庫へ氷を取りに行こうとすると、芽衣ちゃんがちょうど出勤してきたところだった。

「おはようございます。この前、また飲み会あったんですよねえ。あたしたちも誘われたけど、断っちゃって。里帆さん、女の子一人で、大丈夫でしたかあ」

「平気平気、あいつら、私のこと女なんて思ってないもん」

頷きながら芽衣ちゃんの顔を盗み見る。芽衣ちゃんは自分より一回り小さな彫刻刀で彫られたみたいに、繊細なつくりをしている。顎の骨も、鎖骨も、首筋も、誰かが丁寧に鑢《やすり》をかけたように滑らかに整っていた。

「あ、氷ならあたし、取ってきますよ」

「ほんと？　ありがとう」

芽衣ちゃんはすぐにキッチンの方へと走っていってしまった。里帆はぼんやりその白いうなじに目をやっていた。きっちり髪をあげることが義務付けられているのをいつもは鬱陶《うっとう》しく思うのに、芽衣ちゃんの細い首を茶色く透けた後れ毛がくすぐっているのを見ると、この規則もなかなか良いことのように思えてくる。

早朝から働くパートのおばさんが、芽衣ちゃんの後ろ姿をちらりと見て呟《つぶや》いた。

「ああいうタイプが一番遊んでるのよねえ。いつも休憩中は男と電話してるし。この店の男には、興味ありませんって感じがみえみえで、天然ぶって軽くあしらってるから、まあ、問題は起きないけどね。キッチンの子たちも、簡単に騙《だま》されちゃって」

「はあ、そうですかね」

適当に相槌《あいづち》を打ちながら、里帆は芽衣ちゃんがどんな相手と電話をしているのか、思いを馳《は》せた。あの甘い声が受話器から流れ込んでくるのはどんな気持ちだろうと想像してしまうのだ。

性について勉強してみて、自分には謎が二つあることを知った。自分の中身の性別と自分の性的指向と、里帆にはどちらもわからなかった。

生まれ持った肉体の性別が女であることはわかっているが、身体は女でも中身は男なのか、そこがわからないことには、たとえ本当に芽衣ちゃんが好きだとしても、自分が異性愛者なのか同性愛者なのかすらわからない。女のままで女が好きなのか、男が好きなのか。それとも心は男で女が好きなのか、男が好きなのか、それを正確に把握していないからセックスがあんなにも辛いのかもしれないと思う。そのために、まずは自分の意志での第二の「第二次性徴」を成功させるのだ。

そんなことを考えながら、昼のピークに向けてフォークとスプーンとナイフを一定の数ずつプラスチックの籠に入れてセットをつくっていると、伝票を持った椿が立ち上がった。

慌ててレジに向かい、伝票のバーコードを通す。

「七百五十円です」

財布に視線を落とした顔をこっそりと盗み見ると、睫毛の一本一本まで丁寧にマスカラが塗られている。滑らかな肌にはしみ一つ見つけることができない。日焼け止めを塗る椿を思い出し、首元をじっと見ていると、「ぼんやりしていちゃだめよ。ほら」と言われ、慌てて千円札を受け取った。

「ごちそうさま」

小さく微笑んで去っていく椿に頭を下げながら、あのとき屋上で襟元から覗いた肌に刻まれた、淡い傷のような皺を思い浮かべていた。

五時になりやっと勤務が終わった里帆は、自転車の籠の中の紙袋を見ながら溜息をついた。

競泳水着のような黒いタンクトップは、親に見られないように風呂場で洗って部屋に干していた。今朝も、乾いたばかりのタンクトップとウィッグを入れた紙袋をバイト先まで持ってきていた。けれど店内を走り回って疲れ切った身体で自習室へ行き、今度は精神的に疲れるという日々は、なかなかハードだった。今日は特に店が混んで疲れていたので、このまま帰ろうと家の方角へ曲がってスピードをあげた。

家のある団地の側の公園で、坂道を自転車を押しながら上っていると、不意に肩を叩かれた。

「里帆じゃん。久しぶり」

振り向くと、そこにいたのは三ヶ月ほど前まで付き合っていた彼氏だった。最後に会ったときより日に焼けて、皮が剝《む》けた肌と脂汗で光る顔がやけに生々しく見える。触れられた身体が急に女としての輪郭を持った気がして、里帆はよろめいた。

「どうしたんだよ。元気にしてた？」

里帆は答えずに、自転車に飛び乗って坂道を逆方向に下り始めた。

思えば最初から、里帆はセックスが辛かった。

初めてそれを知ったのは高校一年生のころ、友達の彼氏から紹介された、二つ上の先輩とのときだった。そのときの驚きは忘れられない。穏やかで、一緒にいるととても安らぐ人だった。彼の性格通りのとてもやさしいセックスだったのに、里帆はその夜、家でずっと全身に残る彼の指の感触を思い返しては、鳥肌がたって眠ることができなかった。

きっと彼を慕う気持ちは兄に対するようなもので恋愛感情ではなかったのだと思い、先輩と別れて違う人と付き合った。五回以上もそんなことを繰り返して、高校を卒業してフリーターになるころには、ひょっとして、誰としても自分はセックスが辛いのではないか、と思うようになった。そして最後の恋人ともそれが原因で別れたのだった。

いつも最初は好きな人に触れられることで肉体が浄化されるような気がする。服を着ている間だけは幸福でいられた。しかし素肌を晒して、指が乳房に伸びてくると、いつも身体は強張った。

またか、というあきらめと、まさか彼に限って、という驚きとが入り混じる。さっきまで浄化されたと感じていた彼の指先の触れた場所が、ベッドの中ではどす黒く腐っているように思えた。

そのまま自転車を飛ばして、自習室に滑り込んだ。トイレに駆け込み、急いで服を着替える。

この窮屈な胸を潰すタンクトップだけが、自分を解放してくれる気がした。

肩までの髪をしばり、ウィッグをつける。鏡の中の少し不自然なショートカット姿を見て、やはり美容院へ行って地毛を切ってしまおうと思いながら、ずれないようにウィッグをピンで留めた。

上に白い薄手のパーカーを羽織って、急ぎ足で自分の席へ向かう。中では、微かなシャープペンシルの芯を出す音やノートがめくれる音が重なり合うだけで、人の声も呼吸もほとんど聞こえなかった。

淡い茶色の木の机にたどりつき、灰色の椅子に腰掛けてやっと息をついた。両手を組み合わせて、脂汗の浮かんだ額をそこへ押し付ける。

クーラーで冷えた空気を、ゆっくりと吸い込んだ。乳房のなくなった胸に波のように酸素が吸い込まれ、また流れ出ていく。ここは小さな教会で、自分はただ、祈っているのだと思った。


息苦しさがおさまらないままひたすら俯いていると、不意に肩を叩かれた。驚いて振り向くと椿が立っていた。

時計を見ると午後七時半をまわっていた。目が合うと微笑んで椿が手招きした。頷いた里帆は、音をたてないように用心深く立ち上がった。

椿は会社を終えて、いつもこれくらいの時間に現れる。いつのまにか、屋上にあがって一緒に夕飯を食べるのが習慣になっていた。一緒に食事をして、里帆は帰るが、椿と知佳子はそれからが勉強時間のようだった。

「里帆ちゃんのこと、ひょっとして、男の子として扱ったほうがいいのかしら？　バイトのときは女の子なのに、ここで会うときは、ウィッグまでつけて、男の子のふりをしているみたいに見えるから。ごめんね、ぶしつけで。でももしそうなら、やっぱりちゃんと聞いておいたほうがいいと思って」

椿が遠慮がちにたずねた。里帆は言葉を詰まらせた。

「それが……まだ、よくわからないんです」

なんとか掠れた声で呟くのが精一杯だった。

「わからないって？」

「今、生まれて初めて、自分の性別を探しているところなんです。第二次性徴のやりなおしっていうか」

説明をしていると、ウィッグと皮膚の隙間から生温かい汗が垂れてきた。一番、聞かれたくない質問だった。本当に男の子だと自信を持って言えるならよかった。けれど、そうとは言い切れないままこんな格好をしていることを、どう説明していいのかわからなかった。

「どういうこと？」

聞き返す椿の声の温度が低くなったような気がして、里帆の声はますます小さくなった。

「あの、まずは性別をゼロにしてみて、子供のころみたいに肉体の変化に合わせるんじゃなく、自分の意志で、どちらの性別がいいか決めようと思って」

椿が眉を微かにあげた。

「あなたが男性かもしれないってこと？　そういう人って、昔から強い違和感があるものなんじゃない？」

里帆は顔を伏せてウィッグを直した。首筋からまた一滴、汗が落ちた。追及されたくないことを鋭く突っ込まれ、里帆は口ごもりながら答えた。

「えっと、むしろ、それがあれば、わざわざゼロになってみる必要はないんですけど。私には、そういうのはなかったんです。でも、その、セックスに対する辛さはあるので、それで……お試し期間みたいなもので……」

「そう」

椿は興味をなくしたように、サラダを口に運び始めた。その様子は少し怒っているようにも見えた。

不安になって、椿と里帆の横で黙ったまま会話を聞いていた知佳子を見ると、目尻を下げていつもの人懐っこい笑みを浮かべて頷いてくれた。

「そうだね、わからないものかもねえ。いろいろ試してみていいと思うよ。一番、合っていて心地よい形がきっとあるよ」

そのとき、里帆の携帯が鳴った。

見ると、バイト先の男の子だった。昼からキッチンに入って働いていた大学生だ。どうやら休憩中に電話をかけてきたらしかった。

「なあ里帆、今日、十時までの奴《やつ》らがあがったら花火する予定なんだけど、お前、来れない？　ホールの女の子たちも呼びたいんだけど、男だけだと断られそうじゃん？　お前が来るっつったら、誘いやすいからさあ」

瞬時に、脳裏に芽衣ちゃんの細い首筋が浮かんだ。

「行く」

反射的に、里帆は顔をあげてそう返事をしていた。

それから自習室で本を読んだりリフレッシュルームでお菓子を食べたりして過ごし、自習室が閉まる十一時近くに元の格好に着替えて、バイト先のそばにある公園に向かった。もう花火は始まっていて、酒を飲みながらやっているらしくそこら中に空缶が散らばっている。皆、だいぶ酒がまわっていて、男たちがロケット花火を打ち上げ始めたところだった。

「里帆さん、来てくれたんですねえ。皆、酔っちゃってるんですよ。あたし、怖いです」

芽衣ちゃんがいつもこうして振舞うのは、里帆に向けてではなく男たちに向けて可愛い面をアピールするときと決まっているのに、今日は男が誰もこちらを見ていないのに媚《こ》びた声をだしている。自分に向けて媚びているのかと思うと、足の間が熱を持った。そこに空いている穴は、女性器の形をしていても、本当はペニスだったのだ。そう思いながら「大丈夫だよ」と芽衣ちゃんに笑いかけた。

「みんな、酔って、こっちに向かって打ってくるんですよー。もう、やです」

「逃げよ。ほら、こっち」

騒ぎから逃げて公園の茂みに駆け込むと、里帆は芽衣ちゃんとしゃがんで隠れた。いつのまにか繋いでいた手を慌てて離そうとすると、芽衣ちゃんの指が絡まってきた。

唾液を飲み込み、里帆はできる限りの低い声を出した。

「芽衣ちゃんって本当に可愛いね」

そうしていると、自分がほとんど完璧な少年になりきったように思える。ここには鏡がないから、自分の輪郭は柔らかさを失って骨ばった男の子の身体を手に入れたと錯覚することができた。

褒め言葉は効果があったのか、芽衣ちゃんはうれしそうにしている。顔を寄せたが逃げなかった。芽衣ちゃんが慣れた様子で顔を傾けた拍子に、白い耳たぶの下で金色のピアスが揺れた。

自分は本当に男の子だったんだと思った。男の子のヘテロセクシャル、という性的指向が、自分の正しい姿だったのだ。テストでやっと正解を見つけた気持ちだった。そして、男の子の自分は女の子の芽衣ちゃんが好きなのだ。

今までは女の子としてのキスしかしたことがなかったのでどうすればいいかわからなかったが、戸惑って不格好なさまを芽衣ちゃんに見られるのは嫌だった。男の子らしい少し強引な仕草で、芽衣ちゃんの肩に手を置く。そして目を閉じながら、ゆっくりと、淡い桃色の唇に、乾いた唇を寄せていった。

唇を合わせた瞬間、その柔らかさに驚き、思わず目を見開いた。女性は身体だけでなく唇までこんな感触なのだと、初めて知った。戸惑う里帆の唇の間に、芽衣ちゃんの温かい舌が差し込まれた。

舌の感触まで、今まで里帆がキスをしてきた男性たちとは異なっていた。男性に触れられたときとはまた別の意味で、里帆は、自分も同じ柔らかさだということを突きつけられている気がした。

男の子になりきっていた幻想を打ち砕かれ、里帆は思わず身体を離した。芽衣ちゃんは微笑んで里帆に抱きついてきた。

芽衣ちゃんの身体中の弾力に自分の柔らかさが重なり、自分が女だということがどんどん膨らんでいくようだった。

「女の人って、柔らかいんですね。里帆さん、キス、上手」

こちらを見ながら芽衣ちゃんがさっきより水分を含んだ声を出したが、里帆は俯いて「あ、あいつらだ」と言い、立ち上がった。

さっきまでの淡い発情が幻だったかのように、まったく欲望がわいてこない自分の唇を親指でこすった。身体の震えを抑えるので精一杯だった。

「おい、打ち上げ花火つけるぞー、出てこいよ!」

「行きましょうか」

芽衣ちゃんがこちらを見て微笑んだ。里帆はかろうじて頷いた。生ぬるい夜の風が頬を撫でていた。

家に帰って、すぐにパソコンを開いた。

インターネットの情報の海を泳いでいると、自分の身体の中を漂っているような気持ちになる。しかしそこは、必死にもがけばもがくほど広がっていく沼で、溺れていくだけで答えは見つからないのだ。

無性愛、パンセクシャル、Aセクシャル、何でもそれらしい言葉を見つけると片っ端から印刷ボタンを押して、読む気力もないまま印刷物だけがたまっていった。

溜息をつき、印刷されたばかりの温かい紙に指を触れた。ここにならば所属できるのではないかと必死に文字を追って、やはり自分とは決定的に違う性の形に孤独感を募らせる。その繰り返しに、もう疲れ切っていた。

　里帆は紙を乱暴に放り投げ、ベッドに潜り込んだ。印刷した紙が部屋に散らばった。布団の隙間から薄目で見た部屋は、白い紙が床に散らばり、色の塗り忘れがたくさんあるみたいになっていた。色とりどりの性的指向の中で自分も塗り忘れられた存在であるような気がして、瞼《まぶた》を強く閉じ、埃《ほこり》っぽい布団を頭からかぶった。


　浅い眠りの中で、不可解な夢を見ていた。そこは懐かしい小学校のグラウンドだった。自分の服をひっぱると、半袖の体操服にジャージのズボンといういでたちで、まだブラジャーをつけていなかった。目線は低く、小さいころの自分に戻っているようだった。里帆はグラウンドを走り出した。何で走っているのかはわからなかった。ふと、グラウンドの真ん中に白いものが見えて、足を止めた。

　それは横たわる人の影だった。近づいてみると、白いワンピースを着た椿がそこにいた。

　里帆は椿を揺り起こそうとし、ふと、首元から見える淡い皺に目をとめた。

　おそるおそる、その皺に触れた。突如、椿の首の皺がひび割れて、中から金色の液体が溢れ出した。里帆はそれに激しく発情して、指を絡め、舌で舐めていた。舐めても舐めても、金色は溢れてくる。里帆が、金色に包まれた椿の細い足に股をこすりつけて達した瞬間、目が覚めた。

薄く目を開くと、そこは真っ暗な自分の部屋だった。

足の間には、達した感覚がまだ漂っていた。

起き上がると、部屋には、白い紙がまだ散らばっていた。蛍光灯を一つだけつけて、寝静まった家の中で紙を拾って読み始めた。

一枚一枚をすがるように拾い上げながら、自分の当てはまる性がそこにあること、ただそれだけを願っていた。

祈りだけが、空《むな》しく部屋の中で反響していた。一番当てはまりそうに思えた無性愛の解説も、読み返すと不安感が強まるだけだった。そこには性欲がまったくないと記述してある。里帆は今までの相手にも恋愛感情はあったし、セックスをするまではっきり欲望があった。さっきだってそういう夢を見たばかりだ。欲望があるのにセックスがうまくできないという里帆と、無性愛についての記述とはかなり異なっていた。

しばらく考え、自分が無性愛かどうか試してみようと、ファスナーを下ろしてジーンズの中に手を差し込んだ。

どうしても直視することはできないので、指の感触だけでまさぐった。この性器に対する不可解な恐怖心も、ひょっとしたら無性愛者である証明かもしれない。しかし浅い呼吸をしながら触れると、さっきの夢の光景が頭に甦ってきた。

金色に包まれた椿の白い身体が脳裏に浮かんだ瞬間、かっと内臓が熱くなった。そこに生き物がいるかのように、疼《うず》きの塊が蠢《うごめ》き、中から下腹部を引っかいた。

気付くと指先は濡《ぬ》れ、膣《ちつ》ははっきりと反応を示していた。呆然としながらまさぐる指先が硬いものにあたり、クリトリスも勃起していることに気がつき、慌てて手をひいた。

ジーンズのファスナーに引っかかれて、手の甲が赤くなっていた。指先は自分の出した粘液で濡れていた。ぶらりとその指をさげながら、里帆は思った。自分にはやはりしっかり性欲が存在していた。恋愛感情も性欲もあるなら、無性愛者などではない。それでは自分は一体何なのだろうか。

早く何か自分を説明する言葉を見つけたかった。そうすれば芽衣ちゃんに対してしてしまったような間違いが起こることもないし、何より、自分が何なのかわからないと不安でしょうがなかった。早く何かに所属してしまいたかった。

膣から出た液体で濡れた手を乱暴にティッシュで拭くと、箱を壁に向かってうちつけた。

「何やってるの、里帆？　起きてるのー？」

隣の両親の寝室の襖が開く音がして、呑気な母の声が聞こえた。急いでファスナーをあげ、床にあった紙袋を力任せにベッドに放った。胸を潰す黒いタンクトップが、ゆらりと揺れながら紙袋から零れた。

知佳子・1

知佳子が薄く目をあけると、外から淡い光の筋が差し込んでいるのが見えた。ソルの光だ、とぼんやりした頭で考えた。

知佳子は起き上がり、窓の外に顔を出した。発する光が強すぎてソルを直接見ることはできないが、星が燃えている熱だけははっきりと感じられる。外を見ると、灰色をした凹凸の星の表面がどこまでも続いていて、そこをソルの光が照らしていた。

祖父がいつも太陽をソルと呼んでいたので、つい、知佳子も心の中でそう呼んでしまう。他の星は夜空を見ても光の粒でしかないのだから、これだけ大きく星が見えて、その熱がここまで伝わってくるというのは本当に不思議なことだ。そのせいで、宇宙にいるのにこんなに眩《まぶ》しい。闇に浮かぶ星の上に転がっているのに、これほどの熱と光に包まれているのは若干の違和感がある。けれど星が燃える熱は心地よくて、知佳子は目を細めてあくびをした。

外へ出ると、ソルの熱でこの星の表面はかなり暖まっていた。歩いていてもどこか漂っている気持ちがつきまとうのは、この地表ごと、自分が宇宙に浮いているからだろう。

この星の表面には、蟻塚《ありづか》や鍾乳洞《しょうにゅうどう》を思わせる巨大な灰色の突起が幾つも生え、それははるか遠くまで続いている。遠くから天体望遠鏡でこの星を見たら、とても立って歩けないぎざぎざの星だと思うことだろう。

突起は主に直方体で、その隙間を知佳子は歩いている。少し小さめで濃い灰色をした一つの前で立ち止まる。そこが、知佳子の「会社」だ。知佳子はその突起に空いた穴の中に入っていく。中は空洞で、ひんやりとしていて洞窟のようだ。

知佳子はこの会社を見ると、いつも真四角につくられた蜂の巣のようだなあと思う。そこには無数の穴が規則正しく空いていて、ソルの光が中まで差し込んでいる。

空洞の上のほうにある一つの小さな、巣のような場所で着替えていると、同僚が入ってきた。

「おはよう、知佳子」

「あ、おはよう」

「今日も朝から暑いねえ。電車はクーラー効きすぎて寒かったんだけどさあ。あ、おはようございます」

何気ない挨拶が飛び交い、だんだんと、今は「朝」という時間なのだと思えてくる。

さっきまで永遠だった時間が、朝と夜という、こちらの世界のルールで区切られていることを思い出す。

知佳子はソルのことを、たまたまアースに近いというだけの、ただの星だとしか感じられないので、一人では、その星の光が強いか弱いかを基準に「一日」をつくることができない。ずっと永遠に続く、長くて一定な同じ時間の中にいるという感覚のほうが強い。こうして会社に来ていろんな人と言葉を交わして、やっと、一日という区切りがあることを思い出す。

一人でいると、また永遠に続く時間の流れの中に戻ってしまう。皆のように、自分だけで「朝」をつくることができないのだ。回転しながら宇宙を漂う星と星の間に永遠に流れている時間の中で、溺れてしまいそうになる。

だから知佳子は会社が好きだった。仕事は営業事務に異動してからは特に忙しく、楽ではないが、会社があるから自分にはかろうじて朝と夜があるのだ。

制服に着替えた知佳子は、朝礼までの時間を席に座って水を飲んで過ごした。

「早いねー、知佳子」

肩を叩かれて振り向くと、同期の女の子だった。

「昨日、カラオケしてたら終電逃しちゃってさあ。何もない駅で取り残されて、あせったよー。タクシーやっと捕まえて帰ったよ」

同じ時間がずっと続いている感覚しかない知佳子には、女の子の話が楽しそうに聞こえた。

「いいなあ」

「どこがー？」

朝礼の時間が近づき、人が増えてきて、だんだんと社内に朝がはっきりと浮かび上がってくる。ここはアースの表面にびっしりと生えた突起の一つ、その中でしかないのに、皆で幻想を共有することで、ここが、朝の忙しい会社、という場所になっていく。それは皆の幻想が生んだ世界だ。その幻に包まれているのが、知佳子には心地よい。知佳子はこの共有幻想の世界がとても好きだった。

「平岡さんは、いつも楽しそうに働くね」

上司からも同僚からも、よく言われる。知佳子は歯を見せて心から笑い返す。

仕事を終えると、知佳子は自習室へと向かった。

自習室へ行くようになってから、皆が共有している幻想世界の中にいられる時間が長くなった。人が集まるところにいる間は、星の表面に転がりながら感じる、宇宙空間としての闇ではなく、「夜」というものの存在を感じることができた。皆の仕草や、表情、呼吸、言葉、そういうものたちが、宇宙の中に夜という決まりごとを生んでいく。

皆で壮大なおままごとをしているみたいだなあ、とぼんやり知佳子は思う。女の子が数人集まっておままごとを始めた瞬間、そこに、その集団だけが共有している見えない空間が生まれる。さっきまで平坦な公園の砂場でしかなかった場所が、ここは台所、ここは寝室、と区切られて、遊びが終わるまでは誰もそのルールを破らない。子供たちは大人には見えないその空間で遊び続け、その中で朝と夜を繰り返す。それを何十億人もでやっているみたいなのだ。

皆と自分が一つだけ違うのは、皆は永遠に続くおままごとの中にいて、自分だけはひとり遊びを終えて、宇宙をただ漂うだけの平坦な時間の流れへと戻っていかなくてはならないことだ。自分にだけ門限があるみたいで、さみしくなる。いつまでもこのおままごとの中にいたいと思うのに、ひとりで遊びを続けることが知佳子にはどうしてもできないのだった。

今日は、自習室の机で、日本人の特徴について述べてある本と、さまざまな常識・マナーについて厳格に書かれた本を取り出して並べた。ただ、人の集まる場所に遅くまでいたいというだけで自習室に通っているので、勉強することは特にない。だから、こうした雑学の本をいつも読んでいた。

人である以前に星の欠片《かけら》である感覚が強い知佳子は、こうしたさまざまな常識やルールを知るのが好きだった。自分が最初から解放されてしまっているルールの羅列は、いつ見てもいとおしかった。男はこうでなくては、女はこうあるべき、という本も好きだ。

おままごとをしながら子供たちはルールをつくる。ここから先は、地下室だからお父さんしか入っちゃダメ、ご飯のときには皆そろってリビングに集まらなきゃダメ、こうした無邪気な決まりごとを守るからこそ、おままごとは楽しい。知佳子には、こういう本がそうした遊びのルールの羅列のように思えるのだった。おままごとの中でいつのまにか生まれた決まりごと、でもそれを守るから、幻想を共有するのは楽しいのだ。

しばらくして読書にも疲れてきた知佳子は、暗い屋上へ出てフェンスに寄りかかりながらメールを打った。

「いま、ご飯中。来る？」

簡単なメールを送ると、すぐに足音が聞こえてきた。椿が来たのだろうと、寄りかかっていたフェンスから身体を離して足音のするほうへ顔を向けた。

椿は小さいころからの地元の友達だ。育ったところは郊外だが、職場は同じ東京で、いまだによく連絡をとりあっている。この自習室も、椿が先に申込んでいて、良さそうだと思った知佳子も真似《まね》をして入会したのだ。自習室では、一人黙々と勉強しているだけの人たちが多い中、椿と知佳子は食事を一緒にしたりしていた。先に食事を始めたほうが、「今食べてる」とメールをして、相手は勉強に集中したければそのままでいいし、ちょうどお腹が減っていれば屋上にあがってきて一緒に食べる、と簡単に取り決めてあった。

今日は椿もちょうど休憩したい時間だったのか、随分すぐにあがってきたなあと思いながら、椿のほうへ歩み寄ろうとして、ふと首をかしげた。

「あれ、その子、だれ？」

椿の後ろからついてきたショートカットの女の子が、知佳子と目が合うと慌てて頭を下げた。なんとなくもっさりとした不自然なショートカットで、会釈をしたあと急いで前髪を整えている。

椿がよく行くファミレスの店員だというその女の子は、佐山里帆という名前で、まだ十九歳だった。知佳子より十歳以上年下だということになるが、知佳子には大して変わらないように思えた。十年くらいの違いなど、これから永遠に続く物質としての時間に比べたら、一瞬だ。今、柔らかい肉体になっている自分たちも、いずれは祖父のように、土になって、星の一部になっていく。肉体の年齢なんて、物質としての年齢に比べたら意味が薄いことのように思えてしまうのだ。

でも椿は、自分の「肉体」をとても丁寧にケアする。暗がりの中で日焼け止めを塗っている椿を見ながら、知佳子はとても不可解だとも考えるし、一方では、そんな風に一瞬の肉体を大切にできることが美しいことにも感じられる。

横を見ると、里帆も同じように椿を見つめていた。その視線の強さに話しかけるのがためらわれて、知佳子はサンドイッチを頬張りながら宙を見た。その真っ黒さと向き合いながら、知佳子の喉を咀嚼《そしゃく》されて泥のように柔らかくなったサンドイッチが通り抜けていった。

食事を終えてそれぞれの座席に戻り勉強を終えた椿が帰ってからも、知佳子はずっと本を読んでいた。ぎりぎりの時間まで自習室で過ごすのが知佳子の習慣になっていた。

小さいころも、門限の五時を過ぎてもいつまでも遊んでいたくて、よくこうして外に居続けたことを思い出す。

でも、いつか遊びは終わるときがくる。今日も自習室の終了時刻である夜十一時を過ぎると、遅くまで仕事や勉強をしていた面々は帰り始めた。ドアには「最後の人は電気を消してください」と書いてあり、知佳子は大抵最後の一人だった。誰もいなくなった自習室を出て、部屋の電気を消した。

一度だけ、十一時四十分くらいまで本を読んでいたら、警備員のおじさんにびっくりされてしまったことがある。どうやらそれくらいの時間になると警備員がやってきて最後の点検をし、施錠をしていくようだった。それは門限を知らせる学校のチャイムと一緒で、そのときには絶対に知佳子はおままごとをやめなければならないのだった。

電車を降りてアパートへ向かった。横に小川の流れる遊歩道があり、そこを延々歩かなければならない。だが知佳子はこの帰り道が好きだった。暗くて川はよく見えないが、水の音だけが聞こえてくる。

ゆっくりと魔法がとけて、朝と夜がただのソルの光と宇宙の闇へ戻っていき、永遠の宇宙時間の中へかえっていく。そこは落ち着く穏やかな世界だが、いつも、幻想が名残惜しかった。

知佳子は鞄から水を取り出した。自習室から持ち帰ってきた、一リットルのペットボトルだ。二リットルだとさすがに重いので、いつも外ではこの大きさのものを持ち歩いている。

水を口に流し込むと、それが自分の肉体に染み込んでくるのがわかった。同時に額から汗が零れ落ちる。自分の中を水が循環しているのがわかる。この水がまた星に染み込み、空にあがり、星の中を廻っていく。そう思うと、隣を流れる小川の水も、自分の身体の中を流れる水と繋がっているのだと感じる。どの水もいずれ自分に入ってくるのだと思うと、それが全部自分の体液でもあるような気もする。星の欠片である知佳子にとっては、全ての水が星の体液なのだった。

こうして歩きながら、今自分の中をくぐりぬけている水の感触をぼんやり味わう。肉体である以前に物質である自分の中に、水が染み込んでいく。

ふと上を見ると、途方もない大きさの闇が広がっている。やはりここは宇宙空間で、さっきまで時間が区切られていたのは幻でしかなく、ただ明るくなったり暗くなったりしながら時間は永遠に続き、自分はその中を漂っているだけなのだということを、ゆっくりと思い出していく。

アパートへ戻り、三階へ行って部屋の鍵をあけた。知佳子は、夜は電気をつけないのが好きだ。暗いままの部屋へ入って着替えもせずに敷きっぱなしの布団に潜り込む。

ここがアパートという建物だということは知っているが、やはりさっきまでいた会社や自習室のビルと同じ、穴だらけの突起にしか感じられない。突起の中の暗い空洞に寝そべっていると、月のクレーターに転がったらきっとこんな感じだろうなあという気がしてくる。

目を閉じて、知佳子は想像する。

「やーめた」

あのころのように、誰かがそう言うのだ。

いつもその言葉を合図におままごとは終わり、架空の朝と夜はなくなり、台所だった場所も寝室だった場所も魔法がとけ、瞬時にただの公園の砂場に戻った。

この長い長いおままごとでも、いつか、誰かがその言葉を言うのではないか。そしてその言葉が世界に響いた瞬間、さっきまで共有していた幻想世界は、しゃぼん玉のようにぱちんと消えてなくなり、皆、ただの星の欠片に戻っていく。

「私もやーめた」

「また、今度、続きしようね」

そう口々に言って、それぞれが、ゆっくりと平坦な地球の一部になっていく。東京と呼ばれていた場所も、全て、ただのアースの表面になる。朝と夜も消えてなくなり、ただの恒星の光とそれに照らされる惑星へ、永遠に続く宇宙の時間へと、皆、帰って行くのだ。

そんな日がいつか不意に、皆の言うところの「明日」、突然訪れるんじゃないか。そういう予感が、もうずっとしている。ぼんやりと考えながら、知佳子はいつのまにか眠りに落ちていた。意識を失って、ただの柔らかい棒になった腕が、布団の上にころりと転がった。


子供のころ、知佳子はおままごとがうまくできなかった。皆が空想の世界に飲み込まれているみたいで、見えないご飯を信じきった目で食べているのが怖くもあったが、皆とても楽しそうで、自分もその世界に入りたいのになかなか入れず、いつもうらやましかった。

「やーめた」

という誰かの声で催眠術から覚めたように、さっきまで赤ちゃんやパパや犬だった皆が元に戻ると少しほっとした。一人だけおままごとの外にいるのが、少しさみしかったからだ。

今も同じだ。一人だけ、おままごとから目を覚ましているような感覚が続いている。何十億人もでやり続けているこのおままごとが昔と違うのは、皆、この夢の世界に閉じ込められて、終わることがないことだ。

知佳子だけが一人、おままごとの幻想を自分だけでは維持できずに、魔法がとけてしまう。転がる小石、小さな星の欠片に戻って、おままごとの外で眠るのだった。

いつからこうなってしまったのかは、わからない。子供のころからだったように思う。小さいころから、家では一人でいることが多かった。母はすでに亡くなっており、父は仕事で帰りが遅かった。近所に住んでいる叔母が食事を作ってくれたが、知佳子が食べ終わると、「いい子にしてパパを待つのよ」と帰っていってしまう。そこからは、知佳子一人の時間だった。

一人になると、いつも長い休みに遊びにいく、田舎の祖父のことを思い出した。祖母は若いうちに亡くなってしまったが、祖父は元気で、自分の食べるものは自分で育てて暮らしていた。

祖父の家にいくと、いろいろな石を見せてくれた。農作業をやりながら、山道で変わった石を見つけると拾って集めているのだった。

祖父は宇宙の話が好きだった。

「ここは、アースという星なんだよ」

「アース？」

「そうだ。この白い光は、ソルという星の光なんだよ。昼間なんて言ってるけれど、この光はアースのものじゃない。ソルにアースの表面が照らされてるだけなんだ」

そう言って畳の上の四角い光を撫でた。

「そうなんだあ」

「アースは四十六億年もここに浮いているんだ。人間なんて、今、ちょっと繁栄してるだけなんだ」

「じゃあ、そのうち人間はいなくなるの？」

「そうだよ」

「いなくなるとどうなるの？」

「土に戻る。星の一部になるのさ」

知佳子は自分の手のひらを見た。

「星の一部？」

「そう。今、生きている人間だって、アースの欠片みたいなものかもしれないなあ」

笑った祖父の皮膚は、乾いてひび割れていて、確かに、岩の表面みたいだった。そう言われると、自分はアースの欠片が水を含んで柔らかく膨れあがったというだけで、やはりアースの欠片でしかなくて、そのうちまた元に戻るんだと感じた。人間である以前に自分をそうした物体だと思った。

そのことを、作文に書いてみたことがある。

「とっても変わっていて面白いけれど、『夏休みの思い出』とはちょっと違うかなあ」と言って先生は笑った。父は作文を褒めてくれた。

それから、一人のときは、庭に寝そべることが多くなった。こうしていると、地表と自分とに境目はないように感じて、上か下かわからなくなる。今、自分は星に貼り付きながら浮かんでいて、ソルという星と向かい合っているんだ、と太陽の光を浴びながら感じていた。

「知佳子はさみしくない？」

たまに父が心配そうに聞いても、「ぜんぜん」と答えた。

さみしさを感じたことはなかった。知佳子は常に、アースの表面と繋がって、宇宙を回転しながら漂っていた。

地表と知佳子に境界線があることをはっきりと感じられない。自分がどこまでも続いている気がしたし、自分は脳がついた小さな石でしかない気もした。さみしさはなかったが、さみしいと感じられないことが、幻想世界に住む皆から見ると肌寒いことなのかもしれないと思うことがたまにあった。

祖父が亡くなったのは、知佳子が小学三年生の夏だった。祖父の遺体は土葬にされた。

「故人たってのお願いとのことで。今では本当に珍しいことです。わたしもとても久しぶりだし、これが最後かもしれません。皆さん、どうぞよく覚えていてくださいね」

とお坊さんが言った。

山の上の村のせいかやけにソルが近く感じられ、知佳子は滲み出た汗をぬぐった。やがて棺桶に入った祖父が運ばれてきて、田んぼの端にある土手のそばに掘られた穴に入れられた。田んぼの横には、いくつか墓石があり、代々、平岡家の親族はここに埋められてきたのだと叔母が教えてくれた。

棺桶の上からゆっくり土がかけられた。少し土をかけただけで、父も叔父たちも汗だくになっていた。

土の中に沈んでいく祖父を見ながら、ああ、やっぱり星の一部だったんだと思った。照りつけるソルの光線が眩しくて俯くと、喪服がわりの黒いワンピースから伸びた足が、地面と繋がって見えた。

汗でぬるぬるになっているほかの親戚たちも、雨上がりのグラウンドの表面に似ている気がした。

埋葬が終わり、皆で祖父の家に帰ってお寿司を食べた。

「汗、いっぱいかいたねえ」

叔母がタオルで拭いてくれた。叔母が大切そうに触れることで、ついさっきまで、星の欠片にしか思えなかった自分の身体が、物体ではなく肉体になっていく気がした。自分は、叔母にとっては生きた人間なのだと思いながら、叔母のタオルに染み込んだソルの匂いを嗅いでいた。

「知佳子ちゃんは体温が高いわね」

愛《いと》しそうに言いながら、叔母が知佳子の腕の皮膚を撫でた。星の欠片でしかない自分たちが、触れ合ったり接し合ったりすることで、物質ではなく人間というものにその瞬間だけなるんだと、知佳子はじっと自分の湿った腕を見つめながら感じていた。

知佳子はペットボトルに口を近づけた。会社の昼休みは大抵、空いている会議室で同僚と一緒に昼食を食べることになっている。近くのコンビニで買ったパスタを食べていた同僚の女の子が、顔をあげて知佳子の喉を見つめた。

「知佳子って水、たくさん飲むよねえ」

「ああ、うん、そうかも」

「あたしも水にしようかなあ。美容には、たくさん水飲むのがいいってわかってるんだけどさあ、どうしてもお茶買っちゃうんだ」

「水のほうがさ、なんか、染み込んでくる感じがするんだよねえ」

言い終えると、知佳子は再び唇の隙間に水を流し込んだ。生ぬるい水が喉を通って、身体の中の空洞へ落ちていく。

身体の中を流れていく水を感じながら、自分が雨を浴びている石のような気がしていた。流れ込んできた水は自分から蒸発して、または尿になって流れ出て、雨になり、星に染み込んでいく。水を飲んでいると、その大きな流れの中で、今、この水が自分の身体を通り抜けているだけなのだと感じる。

夏休み、縁側でスイカを食べながら、祖父が話してくれた。

「いいかい知佳子、海、空、空気の中、人間の中を循環しているだけで、地球全体にある水の量は変わらないんだよ」

「そうなの？」

「同じ量の水が、形を変えながら、この星の中を巡っているだけなんだ。すごいだろう」

「うん、すごい！」

「エネルギーもそうだっていう説があるんだよ。ガソリンとか、炎とか、形を変えながら、同じ量のエネルギーがぐるぐると地球を循環してるんだよ」

庭で水をまいていた父が、汗を拭きながら笑ってこっちへ近づいてきた。

「それは違うって。親父の話はいい加減だなあ。ロマン重視だから科学的じゃないんだよ」

「いや、お前はよく知らないからだ。本当にそういう説があるんだよ」

「確かに水はそうだけどさあ、エネルギーは違うって。あ、知佳子、俺にもスイカくれよ」

父はスイカを一切れ取って、祖父と一緒にああだこうだと難しい話を始めてしまった。知佳子にはよくわからない話になってしまったので、ビーチサンダルを履いて庭にでて、ホースからまだ僅かに流れ出ている水に触れた。

これが自分の身体をくぐりぬけて、空に上がり、また雨になり、地球に染み込んでいくのを想像すると、胸が高鳴った。

今でもそのときの感覚を抱えながら、知佳子は水を飲んでいる。

「トイレ行ってくる」

食事を終えてトイレへ行った。見ると、生理になっていた。下着が少しだけ赤く染まっている。そろそろだったので用意していたポーチから、ナプキンを取り出してショーツに貼り付けた。

ぼんやりと思い出す。四年生のころ、椿に初潮が来て、お腹が痛そうにしている彼女と一緒に帰ったときのことだ。

椿は憂鬱そうに呟いた。

「やだなあ、お母さんに言いたくない。赤飯炊かれちゃうもん。お父さんに知られたくないのに」

「お腹、まだ痛い？」

「うん。明日の体育、休みたいけど男子にからかわれたら嫌だし……」

溜息をついた椿の横顔を見ながら、知佳子は言った。

「大変だねえ」

「何、言ってるの。知佳子だってそのうちなるよ」

「えっ」

他人事《ひとごと》のような気がしていたので、知佳子は驚いた。

「だって、知佳子はもう胸もだいぶ膨らんでるし、見ればわかるよ。準備しといたほうがいいよ」

「そうかなあ？」

首をかしげると、椿は呆《あき》れたように笑った。

「自分の身体の変化に気付いてないの？　だって、胸が痛かったり、お腹が痛かったりするでしょ？」

「ぜんぜん、わかんなかった」

「もう少ししたら、スポーツブラ買いに行かないとだめだよ、今は冬だからいいけど、薄着になったら男子に見られちゃうよ」

「そっかあ」

間抜けな返事をしてみたものの、まだ実感はわかなかった。自分の胸が膨らんできたのも、粘土が形を変えるようなもので、そんなに深い意味があるようには思えなかった。

知佳子は微かに膨らんだ自分の胸部を撫でながら、椿の足の間から垂れている血液を思った。それが来れば、自分もこの世界に繋ぎとめられるようになるのかもしれない。頭の隅で、そんなことを考えていた。

「あたしにも、はやく来ないかなあ」

「こんなの、来ないほうがいいよ」

知佳子の間の抜けた呟きに、椿はつまらなそうに答えた。でもそのとき、知佳子の世界にその液体が垂らされたとき、おままごとの世界と自分の肉体が繋がり、この世界が本物になるんだという気がした。

椿の予言どおり、五年生にあがって少ししたころ、知佳子にも初潮が来た。

一人で過ごしていた日曜日、トイレに行くと下着が赤くなっていた。

けれど期待していたような感覚ではなかった。

量だけは多く、赤黒いものがどんどん出てきた。その現象から感じ取れるのは、「染み出していく」感覚だった。自分からゆっくりと液体が染み出していく感触だけは感じ取ることができた。

足の間の生理用品に染み込んだ経血をじっと見ていると、それは血というより泥に近い色をしていた。自分から出てくる赤みがかった泥水を見ながら、知佳子は、人間ではなく物体としての感覚のほうを強く感じていた。

肉体感覚ではなく、物体感覚とでも言えばいいのだろうか。自分から染み出した泥水。この水も、この柔らかい紙に染み込んで、ゴミになって燃やされて蒸発し、星の中を廻っていく水にすぎない。知佳子は水の染み込んだ星の欠片だった。その感覚がさらに実感をもって感じられたただけなのだった。

生理用品をつけて縁側で寝そべりながら、自分の中から液体が染み出しているのを感じていた。それは女としての生々しい感覚ではなかった。岩になって、岩水を染み出させているような感覚だった。

宙を見ながら、椿と自分はどうしてこんなに違うんだろう、と考えていた。椿は女としてこの幻想の世界と肉体で繋がり、自分は物体として、幻想の外側に押し出され、星の欠片になってアースと繋がってしまう。同じ仕組みの肉体を持っているはずなのに、どうして繋がる先が違うのだろう。知佳子の物体感覚は穏やかで、椿の持つような生々しい重さとは程遠かった。

「知佳子、お腹痛いの？」

個室の外から同僚の声が聞こえ、我に返った知佳子は慌ててドアをあけた。

「もう休憩終わっちゃうよ。大丈夫？」

「平気平気、ちょっと生理になっちゃってさあ」

「え、大丈夫？　あたし予備あるよ」

「うん、持ってきてるから平気」

「知佳子って、初日が重いタイプ？　やだよねえ、この季節の生理はさあ」

同僚の話す「生理」の意味が感覚的には理解できないまま、知佳子は曖昧に笑い、

「そうだねえ」と頷いた。

「やばい、急がないと、知佳子」

急《せ》かされてトイレを出た瞬間、激しく動いた拍子に、子宮という自分の中の丸い空洞から、じわりと液体が染み出した。自分の中の空洞から流れ出るさらさらとした赤い水を思いながら、知佳子は少しも痛まない下腹部をさすり、急ぎ足で同僚の後を追った。

自習室で勉強をしていた知佳子は、休憩しようとマッサージチェアに向かった。裸足《はだし》にならなくてはならないので不衛生だと感じるのか、女性が使っているのはほとんど見ない。だが知佳子は気にならないので、たまに使用していた。

リフレッシュルームという名の通路に出ると、珍しくマッサージチェアには先客がいた。男性がカーテンをあけたまま気持ち良さそうに眠っている。

知佳子は隣の椅子に座り、雑誌を読みながら順番を待った。機械音が止まり、やがて男性はゆっくりと立ち上がった。こんなにのんびりと自分の家のように過ごしている人はあまりいないので、知佳子はつい視線をやってしまった。ここには資格試験や受験を控えてぴりぴりしている人の方が多いのだ。

男性は知佳子と同い年くらいで、湿り気のない深い色をした黒髪なのに、どこか軽さのある整った髪形をしていて、前髪と後ろ髪はクーラーの風にふわりと揺れていた。水色のシャツに紺色のネクタイを締め、きっちりとベルトを締めた黒いズボンを穿いている。何で夏なのにそんなにきちんとした格好をしているのだろうと考えて、それがサラリーマンという人たちの服装であることを思い出した。

男性が去っていったので、知佳子はマッサージチェアに座ってカーテンを閉めた。男性の発した熱でマッサージチェアが温まっている。生温かさに包まれて眠りそうになっていると、どこからかお茶のいい香りがした。カーテンの隙間から見ると、プラスチックの台を引き寄せて、さっきの男性が湯のみでお茶を飲んでいた。

ドアの外、トイレの側に小さな給湯室があり、そこには電子レンジや冷蔵庫があって、自由に使っていいことになっている。ドリンクバーも設置されていて、月に三百円で好きなだけ使うことができる。知佳子も使っているが、彼が飲んでいるお茶は明らかにそれとは香りが違った。たいていの人はマグカップなのに、小さな湯のみというのも珍しい。男性はおせんべいを食べながらのんびり本を読んでいた。

人間らしい営みをちゃんとしている人、と思えて、思わず見入ってしまった。そのとき、膝の上の携帯が点滅した。椿からだった。

上に行くと、椿と里帆が座って夕食を食べ始めていた。知佳子も二人の横に座りながら、ポリ袋を差し出した。

「今日、あたし、苺《いちご》もってきたんだ。少し食べない？」

「はい」

頷いた里帆は汗だくだった。この暑いのに何で厚着をしているんだろうと思い、里帆の顎をつたっている水滴を見つめた。その水がいつか雨になって自分に降ってきたりするのだろうと想像しながら、弁当のから揚げを口に運んだ。横では椿が、じっと何かを考えながら、桃色がかったベージュに塗られた爪を撫でていた。

どうしたの、と口を開きかけた瞬間、ゆっくりと爪から視線を上げて小さな声で言った。

「里帆ちゃんのこと、ひょっとして、男の子として扱ったほうがいいのかしら？」

椿の質問に、知佳子は驚いた。そういえば里帆は男の子っぽい服装をしているが、その意味まで考えたことはなかったからだ。

言葉を詰まらせた里帆は、やがて掠れた声で呟いた。

「それが……まだ、よくわからないんです」

知佳子はそれは当然のことのような気がして、思わず笑い声をあげた。

「知佳子は呑気なんだから」

サラダを口に運びながら、椿はなぜか少し怒っているようだった。どうして椿と里帆がそんなに深刻そうなのか、わからなかった。

知佳子にはたまにこういうことがある。

皆が真剣に悩んでいるのに、サッカーをしている男の子が「ボールを手で触りたい」と言って泣いているのを見ているような、変な感覚になるのだ。

知佳子には、いつだって男の子がサッカーをやめて、ボールを両手で拾い上げることができるように見える。でも、男の子は泣き続けるのだ。

知佳子にはそれがどうしてだかわからない。だから距離をとって泣いている男の子を見つめることしかできない。

「知佳子は心が広いようで、冷たいときがあるよね」と言われてしまうこともある。そう指摘されると、自分はどこかおかしいのかもしれないなあ、とぼんやり思う。

終わらないおままごとの世界は、知佳子にはまぶしくて楽しそうに思えるけれど、ずっと住んでいる人には住んでいる人なりの苦労があるらしい。でもその苦労すら知佳子には、ゲームの醍醐味《だいごみ》なのかもしれないと思えてしまうのだった。

そんなことを言ったら「冷たい人間だ」とまた言われてしまいそうなくらい、里帆は追い詰められている様子だった。

点滅する携帯をとって、フェンスのほうで何か話していた里帆は、「あの、じゃあ、私行きます」と頭を下げて、屋上を出て行った。

「わからないっていうのは、きっと男じゃなかったってことなんでしょうね」

不意に椿が呟いた。

「え、何？」

「女が苦しいから男じゃないかと思ったけど、そうじゃなかった、それだけのことだったみたいね」

椿は溜息交じりにそう言うと、「一つ貰っていい？」と袋の中の苺を手に取った。

「うん」

椿の歯が苺を潰し、淡い朱色の透けた液体が、コンクリートの上に二、三滴落ちた。知佳子は、微かな声で、「椿の血みたいだね」と呟いた。

「何？　よく聞こえなかったわ」

「ううん。甘いね、苺」

椿の肉体から零れ落ちた、玩具《おもちゃ》の宝石のような透明な液体は、コンクリートの黒い染みになり、じっとこちらを見上げていた。

椿は、小さいころから綺麗で目立つ子だった。お洒落《しゃれ》が好きで目覚めるのも早かった。五年生になるころには、知佳子は椿に連れられ、一緒に電車に乗って買い物へいくようになった。椿が見せてくれる世界が、知佳子は好きだった。外国の文化をきょろきょろしながら真似をする人みたいに、知佳子も椿の世界を楽しみ、時には真似をしてみたりした。初めてするゲームのルールを教わっている感じだった。

中学にあがってすぐ、椿は昼休みにサッカー部の先輩に呼び出された。昼休みが終わるころにはそのことは学年中に知れ渡っていて、同じクラスだった知佳子は一緒に帰りながら、何気なくたずねた。

「椿が先輩に呼ばれたって皆、言ってたよー。何の話だったの？」

「告白された」

椿の答えを聞いて、知佳子は目を丸くした。

「すごいねえ。ドラマみたい」

「そうかな。知らない人だし、少し、迷惑かも」

　翌日、椿は今度は女の先輩に呼び出された。

　少しだけ制服を切られ、髪の毛をぐしゃぐしゃにされて椿が教室に戻ると、クラスの女の子が椿を取り囲んだ。

「どうしたの、芹沢さん」

「大丈夫だった？」

「芹沢さん、かわいそー」

「保健室いく？」

　女の子たちは口々に心配そうに声をかけていた。

「調子に乗ってるからだよ」

　ざわめきの間に、誰かがはっきりそう言うのが聞こえ、知佳子は驚いて顔をあげた。心配げな表情をした女の子たちが騒ぎ続けるだけで、誰がそれを言ったのかわからなかった。

　二人で帰りながら、横を歩く椿の細いふくらはぎを見ると、そこにも少しだけ擦り傷がついていた。白い肌に赤い傷が痛々しかった。細いふくらはぎに弾《はじ》かれてスカートが跳ね上がり、少しだけ裂けてしまっている裾の部分が風になびいた。

「椿、綺麗なんかじゃなきゃよかったね」

思わずそう呟いていた。

椿は歩みを止めないまま、きっぱりと言った。

「そんなことない」

知佳子は顔をあげて椿の横顔を見た。

「ここだけの秘密ね。私、好きな人がいるの。だから平気。綺麗でよかった。そのほうが、好きになってもらえるもの」

迷いのない調子でそう言う椿は、真っ直《ま》ぐ《す》に前を見詰めていた。

「そっかあ」

なんとなくほっとして知佳子は笑った。風が吹いて椿の黒髪が細い首や耳に絡みついた。その姿は確かに美しく、椿の肉体がいつか祖父のように星に吸い込まれてしまうのがとてももったいないことなのかもしれないと、初めて知佳子はそんなふうに考えた。


自習室に入る前に給湯室へ寄り、冷蔵庫の上に並んでいる自分のマグカップを取ろうとすると、マッサージチェアで見かけた黒髪の男性が先にドリンクバーを使っているところだった。よく見ると、一番右のお湯のボタンを押して、急須に入れている。わざわざ淹れていたのかあ、とじっと見ていると、

「飲みますか？」

とごく自然にたずねられた。月三百円のドリンクバーから出てくる薄い緑茶を入れようとしていた知佳子は、

「そっちのほうが美味《おい》しいですよね。このお茶、ほとんどお湯ですもん」

と言いながら、遠慮なく自分のマグカップを差し出した。

「ですよね。一度やってみたら、どうしてもこっちのほうが、香りが違うので」

男性は微笑んで、知佳子の持つシャガールの絵が描かれたマグカップに、急須のお茶を注いでくれた。

「ありがとうございます」

一緒にリフレッシュルームに戻ると、そこの椅子に並んで座りお茶を飲み始めた。香ばしい香りが立ちのぼってくる。

その香りを嗅ぎながら横にいる男性のことを見た。背はさほど高くなく、身長が低い知佳子から柔らかそうな頬がよく見える。手足の動きはゆっくりしていて、指も静かに動く。

「どうしました？」

小さく笑って男性がこちらを見た。

「いえ、美味しいですね」

男性は表情の変化も仕草と同じように緩やかだった。微笑むときも、ぱっと笑うので

はなく、唇と頬がゆっくりと変化して微笑みの形になっていく。綺麗なグラデーションを見ているようで、知佳子は目を奪われた。

知佳子の返事に頷くと、男性はまたゆっくりと黒目を動かして視線を手元に戻した。少しだけ茶色がかった黒目は、知佳子のように好奇心に任せて動き回ったりせず、月のように静かに目の中に留《とど》まって、湯のみの中を見つめていた。時折その視線を遮断する、睫毛がなびくようなゆっくりとした瞬きは、すすきの原っぱを思い起こさせた。男性の睫毛はとても丁寧に世界を撫でていた。

リフレッシュルームのそばの台の上には小さなお皿が出ていて、飴などのお菓子が置いてあり、会員は食べていいことになっている。知佳子はそれに手を伸ばして、アスパラガスという商品名が懐かしいビスケットを一つとって口に咥えた。

他にも、小さなあんドーナツや三角のいちごみるくの飴など、記憶がくすぐられるようなお菓子がいつも並べてあった。

男性はどこからか美味しそうなおせんべいを取り出して食べている。

「なんだか、縁側みたいですね」

男性を見ながら呟いた。

「おれ、じじくさいですか？　よく、言われるんです」

「いいもんですね、こういうの」

男性の爪先を見ながら言った。共有幻想の世界の一つ一つを、これほど丁寧に味わっている人を初めて見た。知佳子にとって幻にしか思えない世界が、彼の中にははっきりと存在しているのを感じた。

「お一つ、どうですか」

男性はおせんべいを差し出した。

「ありがとうございます」

受け取って食べると、ざらめがついていて甘かった。

「美味しいですねえ。前もお茶飲んでいるのを見かけて、いい香りだなって思ってたんです。あ、どっちの部屋なんですか？」

パソコン可の部屋と、不可の部屋とを交互に指差しながらたずねると、「こっちです。パソコンを使う仕事をしてるので」と左のドアを示した。

「そうですか。私は、パソコン不可のほうなんです。携帯電話のボタンの音も禁止で厳しいので、ほんとは部屋、変えようかなとも思ったんですけどねえ」

「確かに、随分ルールが厳しいですね、ここの自習室は」

「ですよねえ。ポリ袋の音や、足音、ノートをめくる音にも、気をつけましょう！　っていう注意書きがあちこちに貼ってあるし」

「まあ、その分、静かですけどね。それでも、静かすぎるのも、疲れるときがありますよね」

男性は小さく笑うと立ち上がった。

「じゃあ、おれはそろそろ戻りますね」

「あ、はい、ほんとにごちそうさまです。今度、お見かけしたとき、もしお菓子持ってたらお返ししますね。そうだ、お名前は？」

「伊勢崎《いせざき》です」

「私、平岡知佳子です。見かけたら、お菓子、ねだってくださいね」

笑いかけると、伊勢崎も目尻に皺を寄せて微笑んだ。


今日は椿も里帆も自習室に来ていないようだった。一人で食事をし、いつものように電気を消して暗くなったビルを降りていった。

こうして知佳子が毎日夜遅く一人で帰っていることを椿はいつも心配していて、せめて駅まではタクシーを使うようにしつこく注意する。だがそんなお金はないので、知佳子は歩いて駅へと向かっていた。

椿は、遅い時間になると必ずタクシーを使っているようだった。電車も満員の時間を避けて、少し早めに出勤するようにしているようだ。

椿が特に用心深くなったのは、高校にあがる少し前くらいからだったかもしれない。

中学三年生の冬、塾の先生に、帰りのバスの中で胸を触られたのだ。その塾は中年の先生が一人で経営している小さな学習塾で、ワゴン車のようなスクールバスの運転もその先生がしていた。バスをなんとか降りた椿はふらりと知佳子の家に来て、淡々とその話をした。

「用心しなかった私も悪いんだね、きっと。私が降りるの最後でしょ。バスの中で二人っきりになると、電話番号を渡されたり、わざわざ前の席に呼ばれたり、何かおかしかったのに。先生だからって油断してた。これからは、絶対にそんなことないようにしないと」

「そっかあ、あの先生、クマみたいでやさしそうだと思ってたんだけどなあ」

「あいつの話はもうしないで。前から苦手だって思ってたの。今日、合格の報告して、もう塾には来なくていいからほっとしてたら、バスから降りようとしたところを、いきなり抱きつかれて、キスされた。舌で歯を舐められて、胸も少し触られた。走って逃げてきたけど、まだ身体中にあいつの跡が残ってるみたい」

「……そっかあ」

椿の表情から、それは大変に辛いことのようだと理解した。だがそれが実感としてわかず、間抜けな相槌を打つのが精一杯だった。

椿は小さな声で言った。

「受験も終わったし、塾にはもう絶対に行かない。自分の身は自分で守らないと」

「椿、手が震えてるよ。寒い？　お茶でも飲む？」

「ううん、いい。でも、うがいさせてもらっていい？」

「うん、洗面所貸してあげるね。歯ブラシ使う？　歯磨き粉、どの味がいい？」

ずっと俯いていた椿が、顔をあげて少し笑った。

「知佳子なら、そんなくらいのリアクションだと思った」

「え、何が？」

「他の子なら、もっと騒ぐもん。親に言ったらセクハラ騒ぎになっちゃう。騒がれたくなくて。だから、知佳子のところに来たの」

いつも、「肝心な話になると、冷たい」と言われてしまう知佳子は、自分のどこかおままごとから覚めている部分が、役に立つこともあるのだなあと思った。

それから椿は警戒心が強くなったが、別々の高校へ行ってしばらくして久しぶりに会ったときには、また以前の華やかな椿に戻っていた。

「初めて、恋人ができたの。学校の部活の先輩なんだけど」

「そっか、よかったねえ」

知佳子は心底そう思った。

知佳子はゲームが好きだったので、ルールを覚えていろんなことをするのは好きだったし、ルールを守るからこそ楽しいと思った。

　恋愛だけは知佳子がうまくできないゲームだった。それには肉体の反応が必要だからだ。ルールや仕組みを覚えてボード上で遊ぶようにはいかない。

　それからも知佳子と椿は、夏休みなどの長い休みになると連絡をとりあって遊んだ。久しぶりに会うたびに椿はどんどん綺麗になっていった。

　大学生になって初めて会ったとき、椿は驚くほど美しかったが、先輩と別れたと言って表情は暗かった。

「知佳子は？　そういう人、いないの？」

「うん、いたことない」

　頷くと、椿は知佳子をじっと見て小さく呟いた。

「知佳子は、自由だもんね。恋愛に縛られたりしなさそうだもの。いいなあ」

　自由といえば確かに自分はそうかもしれない。ゲーム盤のルールからも、人間であることからも離れて、星の欠片に戻っていくのだから、解放されているといえばそうかもしれない。けれど、いつまでもこの世界にいられる椿のほうが、ずっとうらやましかった。

　そういう人はいたことがないと言ったが、高校のとき、少しだけ付き合った男の子がいた。委員会で一緒になった男の子で、澤口《さわぐち》といった。会議のあと一緒に帰ったりしているうちに、仲良くなり、日曜日に映画を観《み》にいったりするようになったのだ。まるで、かくれんぼしようよ、と言われた子供みたいに、あっさり頷く知佳子に、澤口のほうが慌てて、

「付き合うって、彼氏と彼女になるってことだよ」

と説明した。

「うん、わかった」

「本当に？　俺でいいの？」

「うん」

照れも気まずさも見せずにふんわりと頷く知佳子を、少し腑《ふ》に落ちない様子で見た澤口は、「うん、でもまあ、それなら、うれしいけど」と途切れ途切れに言いながら、頭をかいた。

それから知佳子は、毎日澤口と一緒に帰るようになった。

三ヶ月ほどしたころ、澤口の部屋でテレビゲームをしていた知佳子は、突然後ろから抱きしめられた。

「コップ、危ないよ」

そばにあったお盆に載った麦茶が倒れないよう、澤口の腕を押さえながら振り向くと、

顔が近づいてくるところだった。

　知佳子はじっとしていた。澤口とキスをするのはもう何度目かになっていた。少女漫画や映画を観て、これが恋人同士の儀式だと知っていたが、理屈だけでやっていても、肉体はついてこなかった。胸がどきどきしたり、欲望がわきあがってくるような身体の反応は、どうしても起こらなかった。

　唇を離すと、澤口は顔を赤くしながら、知佳子を強く抱きしめた。

「この先へ行っていい？」

「先って、どこ？」

　性行為を意味するのは理屈ではわかっていたが、知佳子はなんとなく、澤口と散歩をしていて、この道の向こうに海かなにかがあって、そこを目指して手を繋いで歩いている光景を思い浮かべていた。

「いい場所？」

「わかんない。知佳子は、苦しいかも。女の子は痛いっていうし……」

「いいよ。行こうよ」

　そう言って笑うと、澤口は一瞬びくりと身体を震わせて、緊張した顔になった。そして真面目な顔で、知佳子の身体をゆっくりと倒した。

「辛かったりしたら、すぐに言ってね。本当に、大変なことだって、わかってるし、おれ、焦ってないし、知佳子が大丈夫になるまで待てるから」

一生懸命に言ってくれる澤口を見ながら、そうか、これはそんなに大変なことなんだ、と思っていた。

知識はあったので、自分にはできると思った。本能が伴ってなくても、ルールがわかればゲームはできる。

けれど、すぐに自分が間違っていたとわかった。この儀式では、本能がルールで、それを発動させないかぎり、何をしていいのかさっぱりわからないのだった。

相手の唇を見ても、そこを舐めていいのか、撫でていいのか、何もしなくていいのかわからない。澤口はゆっくりと自身の肉体感覚の中に沈んでいって、そこを泳いでいるようだった。知佳子は、綺麗だなあと思いながら、澤口をじっと見ていた。

澤口からはいろいろな水が溢れてくる。唾液もそうだし、汗もそうだし、よく見ると、目も潤んでいた。その水は、いつか星を巡って私に流れこんでくる。それで十分繋がっているのに、何故そんなに一生懸命に挿入して繋がろうとするのだろうと、ちょっと考えた。

最後に出てくる白い液体は、澤口には大切なものみたいだった。知佳子の身体にかかると謝るし、でもその液体を口に含んだりするとすごく喜ぶ。知佳子には、ペットボトルの水とそんなに変わらない、ただ星の中をくぐりぬけている途中の水の、一つの姿にしか見えなかった。

それからしばらくして、澤口とは別れた。セックスをしていても、ルールのわからないままポーカーをやっているみたいな違和感がずっとつきまとっていた。澤口の器用に上下する手とか、射精に向けて直進していく様子とかを、いつもぼんやり眺めていた。

澤口は、コンドームを捨ててペニスをティッシュペーパーで拭きながら、

「本当におれのこと、好き？」

と何度も聞いた。

「うん」

知佳子は頷きながら、澤口があの日、手を繋いで連れて行ってくれようとした場所に、自分は行くことができないんだなあ、と静かに考えていた。

澤口と別れたのは、肌寒くなりかけた秋の公園だった。

「送ってくよ、最後に」

澤口の言葉に、知佳子は首を横に振った。

「もう少しここにいる」

「そっか」

澤口は差し伸べかけた手を、気まずそうに苦笑いしてポケットに入れると、「じゃあ

……ばいばい」と小さく呟いて公園を出て行った。

セックスは挿入すればいいというものではないらしい、と知佳子は思った。澤口は挿入したのにセックスができなかったのだろう。それで不安になって、結局去って行ってしまった。

知佳子は滑り台にあがって寝そべった。闇と星と向かいあう。上と下がなくなって、自分が宙に浮いていることを思い出す。

公園には誰もいなかった。自分の肉体と、地表との境界線がわからなくなっていく。どうして自分はすぐにこの星に溶けてしまうんだろう、と思った。性的快楽があったら輪郭がはっきりするだろうか。澤口のペニスとはうまくいかなかったが、自分の手で快楽を引き出すことならできるかもしれない。ふと、知佳子は思った。

スカートの下に手を潜り込ませ、自分に空いている柔らかい穴に手を差し込んでみた。そこは、水溜りみたいだった。自分が思ったより地表に近い感触であることに、ひやりとした。

小学生のころ、学校のグラウンドで、雨上がりにアメンボを取ったことを思い出す。そのときの感触とそっくりだった。

自分の肉体ではない、何かもっと大きなものをかき混ぜている感触だった。不思議なくらい大量の液体が染み出していた。知佳子は、自分の中に水溜りがあるのだと思った。

この液体も、澤口の瞼の下や、学校のグラウンドのぬかるみ、空の水蒸気、海の塩水、あちこちをくぐり抜けた水で、それが今、知佳子の中を通り過ぎようとしているのだ。

自分は人間である前に星の欠片で、そちらの感覚のほうが強いのだと思った。自分の隅々まで、自分が星であるという感触が行き渡っていた。

ぬかるみをかき混ぜ続ける知佳子からはどんどん透明の水が流れ出し、自分が本当に、泥の中にできた水溜りのような気がしてきたころ、ふっと、熱が弾けて液体が止まった。

そのとき知佳子は、これが自分のセックスなのではないかとふと思った。水溜りになって空を見上げた。髪の毛をかき上げた指は、雨に濡れたようにさらりとした水で光っていた。

里帆・2

里帆は、薄暗い部屋の中でTシャツとハーフパンツを身につけた。

部屋に散らばるプリント用紙を親に見つからないようにベッドの下の隙間にねじ込んでから、一週間以上経とうとしていた。

紙と一緒に黒いタンクトップが入った紙袋も、ベッドの下で埃にまみれていた。鏡には黒い布をかけていた。もう何も見たくなかった。

今日はアルバイトがない日だった。朝から浅い眠りを繰り返して、目が冴《さ》えていた。何度か、あの不可解な淫夢を見たような気がした。ベッドに寝そべっているのも苦痛になり起き上がった。朝から何も食べていないのに、もう外は薄暗くなっていた。それでも食欲はなく、それどころか軽い吐き気を堪えながら、襖をあけてリビングに出た。

「里帆ったら、やっと出てきたわ。休みだからって、寝てばっかりで、ほんとに呑気なんだから」

夕食の準備をしていた母が笑い、つられて弟も笑い声をあげた。里帆は反射的に低い声を出した。

「休みじゃないよ。今からバイト。私、忙しいの」

「あら、そうだった？　ご飯、食べてく？　今できたところだけど」

「いらない」

吐き捨てるように言い残し、里帆は財布と携帯だけをポケットにねじ込んで家を出た。出たはいいが、シフトも入っていないのにバイト先に行くわけにもいかず、自転車であてもなくさまよった。

適当に自転車を漕《こ》いでいるうちに、いつのまにか自習室のそばまで来てしまっていた。ここでなら何時間でも時間をつぶせるが、今日は胸を潰すタンクトップもウィッグも持っていない。それに持っていたとしても、芽衣ちゃんとのキスに挫折した自分に、もう検証の意味などないような気がしていた。

男の子にはなれなかった。自分は女なのだ。女のまま女とセックスできる性質でもなかった。そのことをどう受け止めていいのかわからなかった。

自転車のスピードを緩めてうろうろしていると、そばにある定食屋の中に水を飲んでいる椿が見えた。

すぐにペダルを強く踏み込んで逃げようとしたが、視線に気付いた椿がそれより早くこちらを見た。会釈だけして去ろうとしたが、椿が手招きしているのを見て、渋々自転車を止めて中へ入っていった。

「今日は行かないの？」

「……はい」

「今から行こうと思ってご飯食べようとしてたの。一緒にどう？」

「はい、少しだけなら」

「何か用事でもあるの？」

「いえ、そういうわけではないんですけど」

里帆は定食屋の健康的な明るい光が辛くて、顔を伏せながらメニューを開いた。

「私はもう頼んだとこだけど、何にする？　今日はおごるわよ」

「いえ、ちゃんと自分で払います」

里帆は低い声で言い、手を上げて店員を呼んだ。

「もう決まったの？」

首をかしげてたずねる椿の横で、「生ビール一つ」と里帆は小さな声で注文した。

「ビール？」

目を丸くする椿に、里帆は俯いたまま、

「あんまりお腹減ってないんです」

とだけ答えた。

「あなた、未成年じゃなかったっけ？」

「………」

「まあいいわ。じゃ、私も飲もうかな」

定食とビールを運んできた店員に、「すみません、ビールをもう一つ」と椿が言った。

「勉強、いいんですか？」

「一杯くらいなら平気よ」

椿の和風ハンバーグ定食を二人でつつきながら、ほとんど会話をせずに、黙々とビールを飲み続けた。顔をあげない里帆とまともに会話をすることをあきらめたのか、椿も黙ってビールを流し込んでいる。

手を上げて三杯目のビールを注文する里帆を見ながら、椿が呆れた顔で言った。

「定食屋で飲んだくれる人っているのね。あ、私ももう一杯、同じものをお願いします」

「椿さんだって飲んだくれてるじゃないですか」

「大人にとっては三杯くらい、たいした量じゃないもの」

「私も、これくらい平気ですから。ぜんぜん酔えないんです、最近」

運ばれてきたジョッキを持ち上げた里帆に、椿が肩をすくめて言った。

「そういうときは、飲んだことのないお酒を飲んだほうがいいわよ。すぐ酔いつぶれるから」

「ほんとですか？」

「いつもは何飲んでるの？」

「ビールと焼酎と、あとチューハイとかですかね」

「じゃ、慣れないお酒を買いに行きましょう」

いつのまにかさっききたジョッキを飲み終えていた椿が、突然立ち上がった。

「えっ」

「私も最近、酔えないの。どこかに探しに行きましょう」

慌ててまだ半分ほど残っていたジョッキを空にすると、会計を終えて出て行く椿の後を追った。

店を出ると外は雨だった。里帆が自転車を押しながら椿に追いつくと、椿は折り畳み傘をこちらにさしかけてくれた。

「すいません、ありがとうございます。あの、お金も、半分払います。いくらでした？」

「いいわよ。それより、この辺でお酒売ってるとこって、どこかしら？」

「え、そうですね、コンビニとか？」

「珍しいお酒じゃないとだめよ」

「じゃ、ドン・キホーテとかですかね」

「あなた、安いお酒ばかり飲んでるのねえ」

そう言いながらも椿は、駅前にあるディスカウントショップに向かい、お酒のコーナーを覗いた。

「飲んだことないの、ある？」

「ええと、私、ウィスキーって未経験なんですよね。あと、泡盛も飲んだことないです。あとこれ、何ですか？」

「マッコリよ」

「これも初めて見ます」

「韓国のお酒よ。じゃ、これも買いましょう」

椿は里帆が言ったお酒をどんどん籠に入れていった。

「いいわね。飲んだことがないお酒がたくさんあって」

椿がぽつりと呟いた。

「そんなお酒、私は全部知ってるわ」

「あ、これはどうですか？」

里帆は、棚の上から白い瓶をとって椿に見せた。

「何、これ？」

「ヨーグルトのお酒って書いてありますよ。飲んだことあります?」

「ないけど。不味《まず》そうね。ぜんぜん酔えなさそう」

椿は少し顔をしかめながら、それも籠の中に放り込んだ。

結局支払いは全部椿にしてもらい、ディスカウントショップを出た。雨はさらに強くなっていた。自転車の籠に荷物を入れ、椿の傘に二人で入って歩き始めた。

「うちまでタクシーで行ってもいいけど」

「もう、さっきのビールの酔いが醒《さ》めちゃいますよ」

里帆は袋から、泡盛の瓶を取り出して、口をつけた。

「何やってるの、歩きながら飲むなんて、お行儀悪いわよ」

「だって、酔いたいんです」

椿は溜息をついた。

「わかったわ、じゃ、せめて、ベンチに座りなさい」

椿と里帆は服が濡れるのもかまわずそばにあった公園のベンチに座り、傘をさしたまま お酒を飲み始めた。椿の折り畳み傘は小さくて、生ぬるい雨で肩が濡れた。

不慣れな泡盛の味に顔をしかめ、蓋をあけたまま横に置いて今度はマッコリの瓶に口をつけた里帆に、椿が不意に尋ねた。

「それで、第二次性徴の調子はどう？」

「……まだ、始めたばかりなんで」

「そもそも、何でそんなこと始めたの？」

「……私、セックスが辛いんです。どんなに好きな人としても、辛いんです。そこから抜け出したくて」

　拍子抜けしたように、椿が里帆を見た。

「それだけ？　なら、別に、わざわざそんなことする必要ないじゃない。だってあなた、要するに、自分は男でしたっていう結論に憧れているんでしょ。だから第二次性徴のやりなおしなんてしてるんでしょ。セックスが辛いだけだったら、別に女のままだっていいじゃない」

「…………」

　椿の言うことは当たっていた。里帆はセックスが辛いだけで、自分の肉体に、それほど激しい違和感があるわけではない。生理がきてもとくに嫌悪感はないし、胸が膨らみ始めたときも平気だった。

　でも、それなら何で、という疑問が甦る。女のままだと、激しい拒否反応を堪えながら大好きな人に合意の上で犯されることしかできないセックスの渦に、また引きずり戻されてしまう。

椿がウィスキーの瓶をあけながら続けた。

「そりゃ、たまには嫌なセックスもあるわよ。女はなおさら、そういう機会は多いわ。皆そうなのよ。なんだ、あなたの理由、それだけだったの」

「それだけじゃないです！　私は普段も、女として辛いこと、たくさんあります。この性が辛いです。性的な目で見られたり、顔や身体で価値を判断されたり。何気ないことでも女性らしさを求められたりするのも、息苦しいし」

「だから、それは皆、そうよ。あなたのやってること、子供と同じ」

「えっ？」

「初潮が来てイヤだっていう小学生の女の子の抵抗を、いまだにやってるみたいに見えるってこと」

里帆は手元のマッコリの瓶を握りしめ、顔を伏せた。

俯いた里帆に興味をなくしたように、ふっと、椿が傘の中から夜空を見上げた。

「外で飲んだことはあるけど、雨の中っていうのは初めてだわ」

椿が傘の柄から手を離して、ポリ袋の中の酒瓶を漁り始めた。里帆は慌ててバランスをとって、首を横に曲げて柄をはさみ、頭で傘を支えた。傘にあたる大粒の雨の音が、頭上で大きく響いていた。

暗闇の中で白く光って見える水滴を、里帆はぼんやり見つめた。ナイロンの傘ごしに、里帆の頭のてっぺんを、雨粒の感触が叩き続けていた。

　雨があがり、夜空にうっすらと星が見え始めたころには、椿は里帆の肩に頭を預けて、眠りかけていた。

「椿さん。椿さん」

「……うん」

「ここで眠ったらだめですよ」

「……ん」

　里帆は椿の鞄だけ持って、椿の肩を抱いて立ち上がった。自転車も、飲み残した酒も置いていくしかなさそうだった。足元がふらついてほとんど眠っている椿を歩かせて大通りへ行き、あまり乗ったことのないタクシーをなんとか捕まえて乗りこんだ。

　家につくと、椿に肩を貸しながら団地の階段をあがった。音がしないようにドアをあけ、母に見つからないようにこっそりと玄関に入った。靴音が響き、慌てて脱がせたパンプスを持ったまま、椿の肩をささえた。ふわりと、香水の香りが漂った。

　明かりのないリビングをなんとか抜けて、自分の部屋にたどりついた。襖をあけ、畳の上においてあるベッドの上に椿を横たわらせた。

　見るからに大人の女性が自分のベッドに横たわっているのは変な感覚だった。今日は淡いグレーのスーツを着ているせいもあって、椿はいつもよりますます「大人の女性」に見えた。ちゃんと女としての役割を果たしている人だという気がした。

スーツが皺になったら困るかもしれないと、椿の身体を起こして上着を脱がせた。この間まで同性が自分の性的対象じゃないかと思っていたことが頭をよぎったが、やけになって今度はスカートを脱がしにかかった。

椿の肌は白いがどこか硬そうで、陶器の人形の服を脱がせているようだった。ストッキングに包まれた太腿《ふともも》を見ても、まるで発情はしなかった。そのことに気付いた瞬間、自分は本当は無性愛者というものに所属しているのではないかと、一瞬、自分の無反応にすがる気持ちになった。

しかしその期待を否定するかのように、椿の首に目が留まり、動かなくなった。淫夢が甦った。里帆はボタンが二個だけあけられた青いシャツの間から見える、椿の首の皺にそっと触れた。

少しだけ湿ったなめらかな肌に、確かに、ひび割れた筋の感触があった。いつのまにか、里帆は夢中になって、椿の首の皺を撫でていた。

里帆の内側には、確実に、性的欲望が疼いていた。口をあんぐり開くように、自分の性器の穴が広がって、そこが痺《しび》れていくのがわかる。中は湿り気を増しているようだった。

はっとして、里帆は椿の首の皺から指を離し、ベッドから一歩下がった。自分の中で疼いている欲望が不気味だった。排出できないのに、どうしてそれが自分の中にあるのだろう。できることなら膣から引きずりだして、どこかへ叩きつけてしまいたかった。

翌朝、起きると、きちんとした格好の椿が、鏡の前で髪を整えていた。

「ご両親は？」

「まだ寝てます。だって、今、五時ですよ。今日は土曜だし、椿さんも会社じゃないでしょう。もう少し、眠っていっていいですよ」

「大丈夫よ。見つからないうちに帰るわ。男の人の家に泊まっているのを見つかるより、面倒なことになりそう」

椿は溜息をついて、部屋に転がっていたパンプスを拾い上げた。

「じゃ、私が先に行って玄関をあけるんで、後ろから、音をたてないで、靴を持ったまま外に出てきてください。その靴、すごく響くんで」

「このストッキング、高いのよ」

椿は顔をしかめたが、「まあ、いいわ」と頷いた。

足音をたてずになんとか玄関を出て、鍵をかけた。階段を下りて団地の外に出ると、椿が眉間に皺を寄せて辺りを見回した。

「ここ、どこかしら？　タクシーが捕まりそうな大通り、ある？」

「けっこう遠いし、この時間だからあんまり車は通ってないんじゃないですか？　わかるところまで送りますよ。私も自転車とりに行かないといけないし」

生ぬるい朝の中を、二人で昨日飲んでいた公園まで歩いた。

「どうしてあなたの家にいたのかしら」

「途中で椿さんが眠りそうになっちゃったから、つれてきたんですよ」

「最悪ね。それにしてもあなた、本当に強いのね」

「普段、バイトの男連中と飲みなれてるからかもしれないですね」

「十代のころからそんな生活してると、ろくなものにならないわよ」

早朝とはいえ日の光は強く、汗だくになって歩き、やっと公園についた。飲みかけのウィスキーやマッコリの瓶が散乱し、椿の傘もベンチの下に転がっていた。

「ひどいわねえ」

傘を拾い上げながら椿が溜息をついた。

雨に濡れた酒瓶をごみ箱に捨て、「じゃ、ここまで来ればわかるから」と椿が手を振った。

里帆も頷いて、ベンチの横に止めていた自転車に近づいた。

そのとき、不意に、背後から椿の声がした。

「あなたは女よ」

里帆は一瞬動きを止めて、ゆっくりと振り向いた。あまりに突然で、何の話をしているのか、すぐに理解できなかった。

折り畳み傘を鞄に入れながら、椿がこちらを見ていた。

「それも、かなり典型的なね。あなたみたいな人、いっぱいいる。でもみんな、受け入れてく。あなたはまだそれができないだけ。子供だからよ」

「……………」

「女であることに苦しむのって、女の感情の一つなんじゃないの。本当に男性の性質をもっていて、違和感に苦しんでる人とは違うでしょ。なのに女が苦しいからって男という性に逃げるのは、違うと思うし、失礼だと思う。

あなた、二十四時間、男やれるの？　そういう覚悟もないのに、甘えているだけみたいに見える。楽な道を探そうとしないで、女として、苦しさを抱えていかないといけないんじゃないの」

「……だって、あの……」

「セックスが辛いのだって、あなたがちゃんと、女をやっていないからじゃない？　自分の性とちゃんと向き合っていないせいなんじゃないの？」

地面がぐにゃりと歪《ゆが》んだ。動くことができなかった。振り出しに押し戻された気がしたのだ。

セックスに激しい違和感があるのは、まだ自分が何なのか見つかっていないせいで、根気よく探せば自分に心地よい性自認や性的指向が、きっとあるのだと信じていたかった。それだけが里帆の光だった。

私はやはり女なのだろうか。ずっと苦しさや違和感を抱えていくしかないのだろうか。呆然とする里帆の指から、自転車の鍵が落ちていった。

椿はぼうっとしている里帆をしばらく見つめていたが、やがて黙ったまま鍵を拾い上げて、自転車に乗って去っていった。それを呼び止める気にもなれず、里帆はぼんやりと立ち尽くしていた。


里帆は焼酎の匂いに少しうんざりしながら、部屋の中央に放ったままのポテトチップスの袋を引き寄せて食べ始めた。油の匂いに気持ちが悪くなりそうになる。

昨日、椿と飲んだ後の二日酔いからやっと解放されたころ、遅くにバイトの男連中から電話があって、飲みに来いと呼び出された。

飲みたいような気分ではなかったが、部屋に一人でいる気もせず、結局夜中に溜り場へ行き、騒がしい男連中と一緒にあぐらをかいて部屋に散らばる漫画を黙って読んでいた。

一晩中飲んで、朝までの夜勤の男たちも呼び出し昼過ぎまで寝たり、起きて飲んだりを繰り返す、といういつもの飲み会定番の流れも楽しく感じられず、仮眠をとろうとしてもほとんど眠れなかった。

ちゃぶ台の向こうでは、夜勤明けの二人の男が鼾《いびき》をかいて熟睡していた。里帆はいつものように飲む気になれず、焼酎を割ったふりをしながらずっとただの烏龍茶《ウーロンちゃ》を飲んでいたので、まったく酔っていなかった。酒の瓶とスナック菓子が散乱していた。里帆は冷蔵庫をあけた。ろくなものが入っていないのを見て溜息をついた。

時計を見ると、もうお昼過ぎだった。片付けをしてもいいが、誰かが起きたらまた飲みなおしになるかもしれなくて、さすがにもううんざりしていたので、こっそり帰ろうかと考えた。

「里帆、起きてんの？」

囁《ささや》き声《ごえ》がして振り向くと、朝に呼び出された一人の岡崎が起き上がっていた。

「うん。私もう帰っていい？」

「え、まじかよ」

「皆、寝ちゃって暇なんだもん」

「起こせばいいじゃん」

「つうか、もう、だるい。また今度飲も」

鞄を持つと里帆は立ち上がった。

「なんだよお、お前、今日ノリ悪いなあ。いっつも最後までいるじゃん」

ふざけた口調で言いながら肩を組んでくる岡崎の手を、「今日は疲れてんの」と言って振り払った。

「ちょっと待ちなって。あ、そうだ、これ持っていきなよ」

岡崎を振り向くと、AVのDVDを差し出していた。

「いらない」

「なんで？　こないだ、こっち見てたじゃん。ねえ、見てどうだったわけ？　けっこう興味あるんじゃないの」

「うるさいなあ」

「やっぱ感じた？　あのあと一人でしたの？」

「うるせーっつってんだろ！」

里帆はそばの棚にあった置時計を投げつけた。何かが割れる音がした。

「なんだ⁉」

奥で誰かが起き上がる音がした。里帆は振り返らず、乱暴に靴を履いて出て行った。

男たちが、「女ではない」と言いながら自分に必要以上のスキンシップをしていることも、ＡＶ上映会は女として扱われていないわけではなく、自分の反応を見るためのものであることにも、ずっと前から気付いていた。それでもあの中で、性別がないそぶりをしていたかったのだ。そうしていると、自分の中の男の子が表へ出て動いているような気持ちになれた。けれど全部茶番だったのだ。

ふらふらとあてもなく歩きながら、椿に言われたことを思い返していた。確かに男っぽく振舞っていると快感だったし、自分に酔っているところもあったかもしれない。芽衣ちゃんはそのための「いかにも女の子」な相手にすぎなかったのかもしれない。

それならば、なぜ、こんなに男とセックスするのが辛いのだろうか？　誰となら辛くないのだろう？　誰とでも辛いのになぜ、無性愛者ですらないのだろう？　何のために性欲があるのだろう？

何度も何度も、問いかけばかりが頭の中で響いた。

どこにも行く場所がなくて、いつのまにか、女の格好のまま自習室のあるビルへ来ていた。中へ入る気にはなれず屋上へ向かった。そこでは知佳子が寝そべって空を見上げていた。

「どうしたの？」

驚いた顔をされて、自分はそれほどひどい様子なのかと力なく笑った。

「もう、何もかもわかんなくなっちゃいました。きっと、苦しいまま、生きてくしかないんですね」

「何かあったの？」

「私、自分なりに第二次性徴をやりなおしてみるって言いましたけど、本当は、男の子という結果を望んでいました。そしたら、きっと自分は楽になれるんだって願ってました。でも、駄目だった。ただの現実逃避でしかなかったんです」

「そんなこと、わかんないじゃん」

「わかるんです。椿さんにも言われました。……私、好きな女の子がいたんです。その子といると、自分のこと男の子だって感じた。その子となら大丈夫だって思ってました。でもその女の子とも性行為ができなかった。辛かったんです」

「……なんでそんなに辛いのかねえ」

知佳子はのんびりした口調を崩さずに言った。

「知佳子さんには、わかんないですよ。私にはとても、苦しいことなんです」

「じゃあ、しなくてもいいじゃない？」

「それでも性欲はあるんです。これから先、ずっと一人で、行き場のない欲望を抱えて生きていくしかないんです」

「里帆ちゃん、難しく考えすぎだよ。世界にはさあ、すっごく変なセックスをしてる人が、いっぱいいるんだよ。だから大丈夫だよ」

　まるで根拠がないように聞こえたが、不思議と胸に響いて、顔をあげた。

「そもそも、何で男の子にならなきゃいけないって決め付けるの？　別に、そのままだっていいじゃん。里帆ちゃんはなにか大きなものに縛られてるって感じているのかもしれないけど、あたしには、里帆ちゃんが縛る側の人間に見えるよ。人を縛るロープを手に持ったままだから、自分のことも縛っちゃうんだよ。だから苦しいんじゃないかな」

「………」

　知佳子の言うことがすぐには理解できずに、茶色がかった瞳を覗き込んだ。知佳子は小さく微笑んだ。

「あたしさ、調べ物するのってけっこう好きでさ。少し資料集めて、読んでみた。ＦｔＭとか、ＦｔＸとか、いろいろあったけど……」

「ＦｔＸ？」

　ＦはＦｅｍａｌｅの頭文字、ＭはＭａｌｅの頭文字だから、ＦｔＭは女性から男性になった人を指すと本で読んだが、ＦｔＸというのは、聞いたことがなかった。

「それって、どういう意味なんですか？　私が当てはまりますか？」

「里帆ちゃん、それじゃだめだよ。何かに当てはまろうとしてるだけじゃ、きっと、ずっと、苦しいよ」

「教えてください」

必死に食いつくと、知佳子が困った顔で説明した。

「あのね、女性から、X、男でも女でもない、どちらでもない性別として生きる道を選んだ人のことを、そう言うんだって。これも性別越境者、トランスジェンダーなんだって。里帆ちゃん、あたしが言いたいのはさ、そういう『第二次性徴』だってあるんだってことだよ。性別ってもっと、柔らかいものなんじゃないの？　一番里帆ちゃんを苦しめてるのは、里帆ちゃんの中にある、男か女、どっちかしかないっていう先入観なんじゃないかなあ」

「……そんな人たちがいるんですか。その……Xになるには、どういう条件が必要なんですか？　どうすれば、その性別を名乗れるんですか？」

「里帆ちゃん……」

知佳子は里帆の頭を軽く撫でた。

「それじゃ、今までと同じだよ。里帆ちゃんが見つけるんだよ。既成のものにはまり込むんじゃなくて。女性であることが辛くて、女性ではない性別になりたくて、でも男性になりたかったわけじゃない人、そういう人がたくさんいるから、こういう言葉ができたんだよ。その人たちは、この言葉を作ったんだよ。里帆ちゃんも、作らなきゃ。もっと柔らかく考えていいんだよ」

知佳子の指は温かくて、髪の毛の間から頭の皮膚を撫でられていると、強張っていた肩から、少しだけ力が抜けた気がした。

「力が入りすぎるとね、身体もほどけないんだよ」

知佳子に手を取られ、指を一本ずつゆっくりと開かれて、初めて自分がずっと拳を握っていたことに気がついた。

汗で湿った手のひらを見つめていると、知佳子が笑った。

「多分、セックスが辛いのも、セックスはこういうものだ、っていう教科書みたいなのが里帆ちゃんの中にあって、それを真面目にやろうとしているからじゃないかなあ。もっと変で、おかしなセックスしてみなよ。セックスと呼んでいいのかどうか、誰にもわかんなくなっちゃうくらいのさあ。里帆ちゃんにしかできないセックス、発明しちゃっていいんだよ」

「……そんなこと、変態しかしないですよ」

「普通のセックスなんて、ほんとはどこにもないんじゃないかなあ。里帆ちゃん、真面目すぎるんだよ。ただ素直にしてれば、そのままそれでいいんだよ」

「知佳子さんは、いいですね。すごく自然に、普通なんだもん。私もそうだったらよかった」

知佳子は笑って、「さあ、わかんないよ。すっごく変なセックスしてるかもね」と言った。ごく自然に、常識の中で呼吸ができる人は、苦しみを知らなくてうらやましい、と感じながら、しわくちゃの目尻を見ていると、胸にこみ上げた言葉も溶けていった。

「甘いもの飲んだほうがいいよ。はい」

知佳子は鞄から、ロイヤルミルクティーのペットボトルを差し出した。知佳子らしいなと笑いながら受け取った。砂糖の塊のようなその味が、ゆっくりと喉へ染み込んできた。


夜なのに街は明るかった。自転車を椿にとられたままの里帆は、ファミレスのほうへ向かって夜道を歩いていた。今日は芽衣ちゃんが夕勤に入っているはずだった。

「あれ、どうしたんですか」

中に入ると、デザートを作っていた芽衣ちゃんが微笑んだ。

「や、ちょっと、手帳忘れちゃって」

事務所に行って携帯をいじりながら時間つぶしをしていると、芽衣ちゃんが入ってきた。

「もうそろそろあがりでしょ？　遅いから、送ろっか」

「え、いいんですか。ちょっと夜道、怖いなって思ってたんです」

着替えを終えた芽衣ちゃんと、一緒にしばらく生ぬるい夜道を歩いた。

「寄っていきませんか？」

そう言われるままに、芽衣ちゃんの家へ向かっていった。大きな一戸建てだった。

「おかえり」と出てきた母親に、里帆が慌てて玄関先で挨拶すると、芽衣ちゃんは「バイトの先輩なの。里帆さん、あがって」と簡単に言って廊下にあがり、手招いた。芽衣ちゃんの母親は、「夜遅いですから泊まっていってください」と優しく言ってくれた。

「女の人って、部屋につれてきても、家族も誰も平気だから、なんかわくわくしますね」

「そう？」

「だって、これから何かするかもしれないのに、誰も気付かないんだもの」

そう言ってこちらを見て、芽衣ちゃんは微笑んだ。慣れた手つきで里帆の手首を引っ張り、マスカラで丁寧にコーティングされた睫毛を伏せた。

里帆は、目を閉じた芽衣ちゃんに顔を近づけた。

あの夜、どうして急に気持ちが消滅したのか、どうしても知りたかった。もう一度こうすれば、なぜなのかわかるように思えたのだ。

舌をそっと差し込むと、芽衣ちゃんはスイッチが入ったように、こちらの洋服を摑んできた。スイッチによってますます彼女の女という鎧《よろい》が重みを増したように感じた。

目をあけて芽衣ちゃんを見つめた。胸に触れる。その柔らかさに触れることができたうれしさより、これと同じものが自分にもついているんだという恐怖心のほうが先に襲ってきた。

付き合っていた先輩に初めて素肌に触れられたとき、自分の身体が不意に女という輪郭を持って、それが鎧のようでとても息苦しく辛かったことを思い出す。

今、芽衣ちゃんの身体に触れた里帆には、そのときとはまったく違う柔らかい輪郭が浮かび上がっていた。同じ人間なのに、抱き合う人の性別によって自分に違う輪郭ができて、それはまったく違う形なのに、両方「女」なのだ。男性のときは、性の対象としてのいかにもな女の輪郭がくっきり浮かび上がってきたようで、それが辛かった。芽衣ちゃんの柔らかさと呼応するようなこちらの輪郭は、油絵の中の裸婦像を思わせる、性的ではない柔らかい裸体だった。こちらのなめらかな輪郭に心地よさを感じられるならよかった。しかし里帆には、この輪郭も辛いのだった。

男性に触れられたときみたいに輪郭の中の里帆そのものが押しつぶされる感覚ではないが、自分も、相手も、柔らかい女であることを全身に浴びながら、羊水の中に押し込められたような息苦しさがあった。自分は生理的に、根本的に、女だということを、子宮を取り出され、突きつけられて、宣告されている気がした。

芽衣ちゃんの肉体に触れれば触れるほど、自分は女であるという柔らかさに首を絞められていく。それは触れ合う肉体同士のふっくらとした感触のせいだけでなく、あくまで女を強調するような芽衣ちゃんの反応にも原因があるような気がした。

「女の子同士って、柔らかくて、心地よいですね」

そう言って芽衣ちゃんは目を細めた。それを可愛いと感じながら、発情することはできなかった。彼女は「女同士」ということに意味を感じている。しかし、自分が望んでいたのはそうではないのだと思った。

腕の中でますます女の匂いを濃くしていく芽衣ちゃんの肌を撫でながら、里帆は反対側の手で冷たいシーツを握り締めた。

自分はずっと、大好きな人と一緒に、性別を脱ぎたかったんだ。性別を脱いで愛し合いたかったんだ。

相手の性別などどうでもいいことだったのだ。分厚く「性別」を着ている人ほど、鎧のように重い殻の中の、性別のない存在を連想させて、本当は苦しんでいるんじゃないか、自分と一緒なのではないかという思いを抱いていた、という、ただそれだけだったのだ。

性別という鎧を着込んでいる人は、その硬い鎧で脆《もろ》い内側を守っているように見えた。その内側と、里帆は繋がりたかった。芽衣ちゃんの上手に女を演じ男の子をあしらう姿は、どこか防御壁のようで、ベッドの中で一緒に鎧を脱げるのではないかと思った。

「女」を着込むことで利益を得て、その利益で自分を守る芽衣ちゃんも、キッチンの男たちの前で「男」の子っぽさを身に纏って自己を防御する自分も、本質的には同じなのだとどこかで思っていた。けれど違ったのだ。

芽衣ちゃんの「女」は鎧ではなくて、彼女の内側と柔らかく繋がっていた。性別を着ているのが楽しくて、それが彼女には自然なことなんだと感じた。服を脱げば脱ぐほど「女」という輪郭を綿菓子のように膨らませていく彼女から、不意に身体を離した。

「どうしたんですか？」

芽衣ちゃんは不思議そうだった。

「いや、私、生理みたい。ちょっと、今日は泊まれないや。帰るね」

「送ります、外まで」

「平気だよ」

そう言って笑って見せると、部屋を出た。

「夜分遅くすいませんでした」

そう言って頭を下げて顔をあげると、戸惑った表情の芽衣ちゃんが廊下に立っているのが見えた。小さく手を振ると、家を出た。

頭の中で何度も繰り返した。

自分は大好きな人と性別を脱ぎたい。

けれど、セックスをするとき、多くの人はますます分厚く性別を纏うのだ。だから、普段から重く鎧を身につけている人なら、かえって脱いでくれるのではないかと、自分に幻想を抱かせていたのだ。

いや、同じように苦しんでいる人なら、脱ぎ方を知っているかもしれない、脱がしてくれるかもしれないと、どこかで甘えていたのかもしれない。

一緒に性別を脱いでくれるパートナーを、自分は探していたのだ。自分と同じように、「女」が辛い人。そうであれば誰でもよくて、恋ですらなかったのかもしれない。

思えば、異性と恋愛をしていたときも、必要以上に男らしい人間ばかりを選んでいたように思う。その鎧を苦しく思っていそうな人に、いつもふっと魅きよせられていた。

ぼんやりと、椿のひび割れた首筋を思い浮かべた。なぜ自分がそこに性的欲望を感じたのかわかったような気がした。

必死に日焼け止めを塗って肌を守ろうとする椿は、何かにおびえているようだった。そのひび割れた内側に、自分は触れたかったのだ。鎧の中でうずくまっている椿に触れたかったのだ。自分の性的欲望はそこへ向かっていたのだと思った。

自分の性別もまだわからず、セックスは「里帆ちゃんにしかできないセックス」を発明しなければいけないらしい。とても難題に思えたが、なぜだか、前よりもずっと、セックスに希望が持てそうな気持ちになれていた。

薄暗いトイレの中で、里帆は手鏡を見つめていた。そこには、タンクトップをつけた自分がいる。ウィッグは家に置いてきた。

いろいろ考えて、これが今の自分にちょうどいい状態なのではないかと思った。性別について考えるのを保留にした、中途半端な状態だ。

まずはパートナーを探そう、と里帆は考えていた。それから、ゆっくりとセックスの中で、自分の性別を決めていけばいいし、Xならば、作っていけばいい。

髪の毛を切ろうかとも思ったが、女っぽいセミロングの下にある胸のない上半身が、今の自分の状態をよく表しているように感じられた。

タンクトップのままではさすがに外に出られないので、薄手のシャツを羽織った。パーカーよりも薄くて、ボタンを外したままなので胸の潰れた上半身が露出してしまうが、そうやって中途半端な状態の自分をもっと露出していこうと思った。

この「保留」の格好での行き先は、結局自習室しかなかった。このままオープンな場所へ出る勇気はまだ湧かないのだ。ここでしばらく試して、少しずつ自分の性を見つけていこうと思っていた。

メールで呼ばれて屋上へ行くと、椿が先に来て座っていた。知佳子はまだ来ていないようだった。

少し気まずさを感じながら、里帆は椿の横に座った。

「あの。私、今日、バイトに遅刻しちゃったんですけど」

「それはよくないわね」

「自転車がなかったからです。電車で行ったらかえって時間がかかっちゃって。自転車を盗んだ人がいるから」

「そう。怖いわね、東京は。これからはちゃんと鍵をかけなさいね」

「大人のくせに、子供の自転車盗まないでください」

「いいのよ。私はお客さんでしょ。お客さんが困ってたら自転車を貸し出すくらいしないと、もうあのお店、行かないわよ」

平然とそう答えながら、椿は熱心に日焼け止めを塗っていた。金色のネックレスの下に見える、淡いひび割れをじっと見ていると、椿が鬱陶しそうにこちらを見た。

「どうしたのよ、いいじゃない、夜だって日焼け止めを塗る自由はあるでしょ。それで、結局どうなったの？　あなたの『第二次性徴』は。ウィッグもつけなくなって、女の子らしくなったように思うけど」

「でも、胸のなくなるタンクトップはつけてるんです」

「随分、中途半端ね」

「しばらく、半端でいようと思って。保留ということにしました」

「保留？」

「はい。しばらくどの性別でもないまま、ゆらゆらすることにしました」

「じゃ、今のあなたは何なわけ？」

「強《し》いて言えば、『無』の状態です。まだ何でもない」

「ばかみたい」

椿はふっと笑った。

言い返そうとしたとき、足音が響いた。

「ごめんごめん、晩ご飯買いに行ってたあ」

間延びした声と共に、知佳子が階段から顔を覗かせた。

「二人とも、もう食べ終わっちゃった？　あれ、どしたの？」

「別に」

椿は不機嫌そうに立ち上がった。

「子供のおままごとを聞かされていただけよ。悪いけど私、もう戻るわ。無駄な話をしていても、勉強時間が短くなるばかりだから」

椿は階段へ向かった。里帆は箸を握り締めたまま、椿の後ろ姿を見つめていた。

里帆は溜息をついた。「無」という状態で自習室で過ごすようになって、数日が経過していた。

ここから、自分がどう進めばいいのかはわからない。けれどこの格好で来られる場所が他にないので、ついここへ向かってしまう。

全てをナチュラルに受け入れてくれる知佳子に会いたいせいもあったが、里帆が本当に会いたいのは椿なのかもしれなかった。椿に、どうしても勝ちたいと思うから、ここへ来てしまうのかもしれない。

トイレに入って、セミロングの髪とその下の平らな胸を見ていると、誰かが入ってきた。慌てて、平らな胸を隠すように、シャツの前を合わせた。

「そうやって隠すくらいなら、最初からしなければいいのよ」

冷たい声に振り向くと、そこに立っていたのは椿だった。

里帆は息を呑んだ。この格好を恥じているわけではないはずなのに、こそこそしてしまった自分が悔しかった。よりによって、それを椿に見られたことが屈辱的で、唇を噛み締めた。

椿は里帆の隣に立ち、鞄の中から日焼け止めを取り出して塗り始めた。

里帆は、握り締めたシャツの胸元から手を離すことができず、俯いていた。日焼け止めを塗り終えた椿が、里帆を一瞥《いちべつ》して言った。

「もう、そんな無駄な抵抗はやめることね。あなたは新しい道を探しているつもりかもしれないけど、私にはそうは見えない。勇気も決意もあるようには思えない。結局逃げてるだけじゃない」

肩をすくめると、椿は日焼け止めを鞄にしまい、トイレを出て行った。

里帆はぼんやりと、くしゃくしゃに握ったシャツの胸元を見下ろしていた。力をこめ、自分の平らな胸元を引っかくように右手を離し、トイレから駆け出た。

「待ってください」

椿は振り向かず、エレベーターのボタンを押した。

里帆は詰まる喉から、なんとか途切れ途切れに言葉を紡ぎだした。

「じ……自分だって……逃げてるんじゃないですか？　椿さんは、……女であることに逃げ込んでいるんじゃないですか？　肌が劣化するのは人間として当然のことなのに、受け入れられてないじゃないですか」

「悪いけど、あなたと討論するつもりはないわ」

「外、真っ暗ですよ。何でそれなのに日焼け止めなんか塗るんですか。皺が怖いのは、女であることに、商品であることに、逃げ込んでるからじゃないですか？　女という性別に隠れて自分を守ろうとしてるから、女が脱げていくのが怖いんじゃないですか。もしそうなら……」

もしそうなら、一緒に救われませんか。そう言いかけた言葉を飲み込んだ。

「何を言ってるのかわからないわね」

「椿さんはずるいです。ちゃんと、話し合ってください」

「子供でない人とならね。それに、勉強の邪魔をされるのは嫌いなの。勉強するつもりのない人がいる自習室では、どうも集中できなくて」

「こ……これだって勉強です」

「ここでする意味があるの？　その姿で、このビルの外に出る勇気もないじゃない」

言葉に詰まった。椿は里帆を一瞥すると、エレベーターに乗って一階へ降りていった。

どうしてももう一言いってやりたくて、里帆もエレベーターを呼んで自習室のビルを駆け出て、後を追った。椿に走りよりながら、自分が「保留」の格好のまま来てしまったことに気付いた。

「どうしたの？　まだ何か用？」

「自転車、返してください。バイト行くとき、不便なんです」

椿は「家にあるわ」と言って歩き続けた。

「返してもらいにいきますから」

不便なのは本当だったが、椿に言いたいのはこんな文句ではなかった。けれど言葉が見つからず、押し黙ったまま、椿の後を歩き続けた。

淡い水色のノースリーブのシャツにタイトな白いスカートを穿いている。長い髪は巻かれて後ろで束ねられ、足元のヒールは折れそうに細かった。

教科書を見ているような正しい女の姿だと、里帆は思った。一瞬、自分たちが「女」というテストの解答で、椿に大きく丸がつき、自分には×印がつけられている光景が思い浮かんだ。その完璧な姿が椿の意志なのか、椿がただ女という教科でも優等生なだけなのか、里帆にはわからなかった。

自分の平らな胸が気になり、前を合わせたかったが、椿にまた指摘されるのが嫌で、黒いタンクトップが見える状態のまま歩いた。

どこかに当てはまるのではなく自分なりの形を見つけるというなら、それなりに時間がかかって当然なのではないだろうか。自分は甘えているのだろうか、と考えると、ふっと目頭が熱くなった。

椿がやっと立ち止まったのは、華やかな服装から考えると拍子抜けするくらい質素な、ごく普通のアパートの前だった。

表には、里帆の水色の自転車が止めてあった。

「返してもらいますから」

掠れた声でそれだけ告げると、椿はやっとこちらを振り向いた。

「大丈夫？」

眉を顰《ひそ》めて、汗だくの里帆を見た。タンクトップに長袖のシャツを重ねているせいで、汗が止まらなくなっていたのだ。

「自転車の鍵、とってくる。……あなたも、少し水分補給していったら」

夜の生ぬるい空気を吸っても吸っても息が苦しくて、地面が歪んだ。里帆が小さく頷いたのを見ると、椿は階段を上がりながら手招きした。

促されるままに部屋に入り、中央に置かれた小さなガラスのテーブルの前に座ると、椿がミネラルウォーターに氷を入れて出してくれた。

「水しかないのよ。これで我慢して」

「ありがとうございます」

里帆はそれを一気に飲み干した。氷が当たって、冷たさに前歯が痺れた。

やっと一息ついて部屋を見回した。椿の部屋は家具はシンプルだったが、床にはダンベルや通販で見たことがあるような顔に蒸気を当てる器具が置かれ、棚の上には顔に転がす美顔器やキャンドルなどが所狭しと並んでいて、意外に雑然としていた。

ケースに入ったまま棚に置かれているワイングラスを眺めていると、椿が肩をすくめた。

「結婚式の引き出物やら、もらいものが多いのよ」

「そうなんですか」

「脱いだら？」

「え？」

「その服装のまま帰ったら、脱水症状になるわよ。そのきつそうなタンクトップ脱いだら？　Tシャツなら貸すわ。自転車のお礼に」

「いいです。このまま帰ります」

椿は溜息をついた。

「あなた、何でそんなにこだわるの？　男じゃないならあなたは女の子よ。どうして、受け入れることができないの？」

「気付いたんです、性別は二種類じゃないって。女のままも、男の子になりきってセックスするのも辛い人間でも、性別がない状態でならできるって」

「できないと思うわよ」

椿は髪をほどいて、ソファベッドに腰掛けた。

「だから、その辛さこそ、女なのよ。逃げ回ってもしょうがないんじゃないの」

「私、そんなの嫌です。新しい方法を見つけたい」

あなたも本当はそうなんじゃないですか、と言いたいのに、言葉が出なかった。怖がって日焼け止めを塗らなくても、その皮膚の内側にはもっと自由な椿が潜んでいるんじゃないだろうか。里帆は一般論に置き換えながら、必死に訴えかけた。

「同じようなことで苦しんでる人がたくさんいるんでしょう？　椿さん、そう言ってましたよね。私のはよくある苦しみだって。よくある苦しみだと、我慢しなくちゃいけないんですか？　それならなおさら打開策を考えなきゃいけないんじゃないですか？　新しいセックスの方法を開発して性別を脱いでセックスできるようになれば、苦しみから解放される。皆でそれを広めていけばいいじゃないですか」

「誰も乗らないノアの箱舟。誰も後ろについてこないハーメルンの笛吹きね」

椿は肩をすくめた。

「そんなことないです。我慢してる人がたくさんいるなら、賛同者だっているはずです」

「……それじゃ、その方法を見せてみてよ。そのままならできるんでしょ？」

「え？」

「私とセックスしてみれば？　私の『女』を脱がせてみれば？　性別を脱いでセックスするんでしょ、あなたは？」

里帆は息を止めて椿を見た。

椿は小さく微笑んだ。

「ほら、できないでしょ。あのね、だからあなたは……」

「できます」

里帆は立ち上がって、ベッドに座る椿と向き合った。

「できます、私。私、今なら無性だし、だからこのままの格好で、セックスできます」

「できないわよ」

「できます」

里帆は椿の目を正面から見つめた。

正面から、これほど真っ直ぐ椿の目を見るのは初めてだった。椿の瞳は、墨汁のような、混じり気のない漆黒だった。

里帆はその、光る闇を一滴垂らしたような瞳に吸い込まれて、椿に一歩近づいた。近い距離で見ると、その目尻と目の下にもうっすらとした皺があり、目元の肌色のコンシーラーが剝げかけて、下から薄茶色いしみが覗いていた。

里帆の中央から欲望がはいずりあがってきた。椿相手ならできるかもしれない。里帆は欲望にすがるように、そっと、椿の目尻のしみに人差し指の先で触れた。

椿の肌は驚くほど冷たかった。里帆は椿に顔を近づけた。

その唇の柔らかさにはっとした。けれど自分は無性なんだと言い聞かせ、椿の肩に手をかけて、体重でベッドに押し倒した。

里帆の腕の下で、椿の身体が弾んだ。細い首と、そこに刻まれた皺が揺れるのを、里帆はじっと見下ろした。

自分は今、無性なんだ。そう思うと勇気が湧いてきて、椿の首に顔を近づけた。

欲望が子宮をぎゅっと握る気配がして、下半身が軋《きし》んだ。里帆はシャツを脱ぎ捨て、胸のないタンクトップの姿になった。

椿が呟いた。

「このタンクトップ、本当に胸がなくなるのね。そうすると、性別が『脱げる』の?」

いつもの嫌味ではなく、純粋にそうたずねているような、口から転げ落ちた言葉だった。

「そう……です」

「そう。じゃあ、私はどうすれば女を脱いで、あなたとセックスできるのかしら」

「私……が、脱がします」

里帆はぎゅっと目を閉じた。無性の自分を信じて、無性の状態のまま椿を愛撫するんだ。そのことで、きっと、私たちの性別は脱げていく。知佳子の言葉が頭に響いた。

「里帆ちゃんにしかできないセックス、発明しちゃっていいんだよ」その言葉に背中を押されるように、椿の肌に舌の先で触れた。甘い疼きの塊が、下腹部で震える。

胸や女性器を避けて、性別のない部分を使ってセックスをしよう。そう思いながら、椿の首筋を舐めていった。そこに刻まれた皺の感触が舌先をくすぐる。そうすれば、このひび割れの中にいる椿自身とセックスができるのだと感じた。

水色のシャツのボタンを外すと、椿の下着が露《あらわ》になった。柔らかい膨らみから目をそらし、肩に舌を滑らせる。

しかしその肩に華奢な骨のラインが浮き出ていて、舌先でも、椿の女らしい柔らかさを感じざるを得なかった。里帆はなるたけ硬い場所に触れようと、椿の膝に手を伸ばした。その硬い感触の上になめらかなストッキングがあって、驚いて手をひいた。

「あの、これ、とっていいですか」

「あ、ちょっと引っ張らないで、高いのよ」

椿は起き上がり、丁寧にストッキングを脱いだ。中から、一段階白くてきめ細かな肌が露になる。

里帆は膝を舐めながら、椿のかかとに触れた。しかし膝は女性らしいなめらかな皮膚で覆われ、かかとも手入れを怠っていないのか、そこもつるりとした感触だった。

「あなた、さっきから性的じゃない場所ばかり触れてるみたい。それじゃあ何も感じないわよ」

椿の言葉に、里帆は唇を嚙み締めて、スカートの中に手を入れた。

ショーツを下ろして、おそるおそる、尻のあるほうへ手を伸ばす。

指先が肛門に触れた。ここなら、性別のない場所だ。ここを使ってセックスをしようと里帆は漠然と思っていた。男にも女にもある中性的な、しかも性的に使える穴だ。そう思いながら里帆はそっと肛門を撫でた。

男性の肛門に触れたことはないが、椿はそこさえも柔らかくなめらかだった。この人の身体は隅々まで女で、性別のない箇所などないのだ。ふっとそう思い、手をひきかけた。最初に一瞬灯《とも》ったはずの欲望は、とうに消えてなくなっていた。

　椿は見透かすように、里帆の表情を見上げていた。

「それじゃ、前戯にもならないわよ。しょうがないわね。私がやってあげるわ」

　椿が里帆の腕を摑み、バランスを崩した里帆はベッドにうつぶせになって弾んだ。

「乳房と女性器には触らないであげる。そんなこと、意味はないと思うけれどね」

　椿は里帆の耳を舐めた。耳元の唾液の音にびっくりして身体が強張る。不思議と嫌悪感はなかったが、奇妙なくすぐったさに身をよじらせた。

　里帆はソファベッドの模様の中で溺れるように激しく動きながら、横目で椿を見上げた。長い髪を耳にかけ、ふっとこちらを見下ろす姿は、女そのものだった。この人が、もし夢で見たようにひび割れたとしても、そこから出てくる金色の液体は、外側以上に「女」なのではないか。

　芽衣ちゃんのときと違って生理的な違和感はなかった。椿に性的興奮がまったく感じられないせいかもしれなかった。けれど椿が怖くて、思わずベッドの端に逃げた。

「どうしたの？　できるんでしょう、あなたはベッドの中で性別を脱ぐことが。ほら、脱いでセックスしてみなさいよ」

　椿は里帆に唇を近づけた。口紅の匂いが鼻の前をよぎり、里帆は椿に唇を押し付けられていた。

「口には性別はないでしょ」

唇が合わさる前に、椿が小さく呟いた。そうだ、口は性別がない穴だ。そう思いつつも、椿の唇は、芽衣ちゃん以上に柔らかかった。

食いしばった歯を、椿の舌が舐めていた。嫌悪感ではないものが、自分にこみあげてくるのが怖かった。嫌悪感は、ひょっとしたら今まで自分を守ってくれていたストッパーだったのかもしれなかった。

「ちゃんと口をあけないと、キスができないわよ」

舌を歯から離して椿が囁いたが、里帆は目をつぶり、拳を握り締めて歯を食いしばっていた。

「性別のない場所なんて、ないのよ。身体中隅々まで、あなたは女でしょ」

椿は里帆のジーンズのファスナーを下げた。驚いて思わず身体をよじったが、椿の細い指が滑り込んでくるほうが先だった。

椿は里帆の肛門を撫で上げた。里帆はうめき声をあげた。しかし、そのうめき声の中に、どこか甘い響きが混ざってしまった。

バイトの飲み会のときに流れていた、AV女優のあえぎ声が頭の中で甦った。それと似たような声が、喉からぶくぶくと湧き出ていた。

椿に口と肛門を触れられ、真っ先に反応したのは乳房だった。タンクトップの中で潰れている乳房の先の、血の色をした皮膚が、触れられていないのに強張るのがわかった。その次に、女性器が湿っているのが自分でもわかった。

椿は肛門から、つい、と女性器まで指を滑らせ、そこで動きを止めた。

里帆は拳を握ったまま顔をシーツに押し付けていた。椿が、同情するような声で呟くのが聞こえた。

「ほらね。どんなに排除しようとしても、反応するのはあなたの『女』なのよ。ベッドの中で、女であることから逃れられることなんてないのよ。性別を脱いで愛し合うなんて無理なのよ」

「そんなこと……ないです、ぜったいに……いつか、でき……性別を脱いで、セックスができることがいつか、ぜったい……」

子供が駄々をこねるように里帆は繰り返した。椿は手を里帆のショーツの中から取り出して、静かに里帆の頭を撫でた。

「無理なのよ。あなたの理想論に、肉体はついてこれないわ」

里帆は椿のしなやかな身体を突き飛ばし、急いでジーンズのファスナーを閉め、シャツを羽織って部屋を飛び出した。

よろよろと歩いて、来た道をひたすら戻り、自習室の前まで来ていた。

中に入ると、もうほとんど人はいなくなっていた。

里帆は自分の席に腰掛けた。さっき反応した肉体が、まだタンクトップの中で熱を持っているようだった。

女という仮面をいくら引き剝がしても、中から出てくるのは更なる女でしかないのだ。人間の女性は表面が女の形をしているだけで、内臓に性別はないような気がしていた。けれどさっきのセックスでは、皮膚の内側の隅々まで、里帆は女だった。それは泉のように里帆から湧きあがってくるのだった。

祈るように手をあわせ、握り締めた拳に額を押し付けた。床が揺れているような気がした。最初に来たとき、この自習室を船のように感じた。どこかへ乗り出していける気がしたのだ。

あのとき、ここを氷川丸のようだと思った。横浜で停泊し続けている氷川丸。大海に向かって漕ぎ出したつもりが、じつはどこにも進んでなどいなかったんだ。そんなことを頭の隅で考えながら、必死に手を握り合わせていた。

「誰も乗らないノアの箱舟」椿の言葉が甦った。誰も、どころか、里帆当人すら乗ることはできなかった。新しい世界へ漕ぎ出しているつもりだったのに、実際には、大陸のそばで溺れているだけだったのだ。

目頭が熱いのに、涙は出てこなかった。身体中真っ黒い暗闇になったようだった。里帆は瞳を閉じて、自分の皮膚の内側の闇を見つめ続けていた。

「どうしたの！」

自習室に声が響いた。私語厳禁の部屋なので、「しっ！」と注意する人もいたが、声の主はかまわずにこちらへ近づいてきた。

「里帆ちゃん。里帆ちゃん、大丈夫⁉」

青ざめて俯く里帆を揺さぶっているのは知佳子だった。

「こんなきつい服装してたら、ますます気分悪くなっちゃうよ」

そうか、まだタンクトップを着たままだったのかと里帆は思った。知佳子は里帆をトイレにつれていき、洋式便器のフタを閉めて座らせ、タンクトップを脱がせてくれた。それは汗でびっしょりと湿っていた。

きつい拘束から解放され、里帆は自分の身体を見下ろした。二つの小さな乳房がそこに膨らんでいた。自分の乳房を見るのはとても久しぶりのような気がした。

「これ、男装する人のものじゃない？」

「そうですけど、性別がない状態になるために……」

自分のうわごとのような声が、自分で空しくて、笑い出してしまいそうだった。

「……無性っていう性別も、こうして着込まなきゃいけないんじゃ、しんどいよ」

無性。自分はいつのまにか無性を着込むようになっていたのだろうか。女を脱ぐつもりが、違うものを着込んでいただけだったのだろうか。

知佳子が呼んでくれたタクシーに揺られながら、里帆はゆっくりと深呼吸した。薄く瞳を閉じて、里帆は呟いた。

「……今日、性別がないままセックスしようとしてみたんです。でも、できなくて……」

わけのわからない話だろうと思ったが、知佳子は何も聞かずに頷いてくれた。

「そっか」

「ちょっとだけ、夢を見ていたんです。もし自分が成功したら、同じような苦しみを持つ人にやり方を教えてあげられたら、なんておこがましいこと、考えてました。でも、失敗してしまいました」

「いいんだよ。みんな、それぞれ道をみつけるんだから、里帆ちゃんがそんなに頑張らなくてもいいんだって」

「あの自習室で、船で、どこか遠くの、自由な場所に漕ぎ出したつもりだった。私にとって、ノアの箱舟だったんです」

うわごとのように、里帆は呟いていた。

「苦しい人を、新しい世界に連れていけると思った。でも、誰も乗らないノアの箱舟、誰も後ろについてこないハーメルンの笛吹きだって、相手の人に言われました」

「うん、うん」

「……結局、新しい世界に漕ぎ出す船なんて、どこにもなかった。無性だなんて、結局、シェルターでしかなかった……」

「うん」

知佳子の声はやさしかった。

「ほら、もう眠りな」

タクシーの揺れにまかせて、知佳子の肩に頭をのせた。知佳子からはお菓子の甘い香りがした。子供時代に戻ったような気がして、里帆は静かに目を閉じた。

知佳子・2

知佳子は起き上がると、冷蔵庫をあけて水を自分の中の空洞に流し込んだ。時計を見るともう十一時という時間を過ぎているようだった。情報はそれだけで、今日が何曜日なのかもよくわからない。

知佳子にはいつも、土曜日と日曜日がない。金曜日の夜、会社を終えて自習室から帰ってからは、朝と夜という波をなくした一定の時間の流れがずっと続き、携帯電話のスケジュールにセットしたアラームが月曜の朝に鳴り響くまで、それは途切れない。アラームを目安に機械的に身支度をして会社へ行き、そこでやっと、朝が発生している場所に踏み込むことができる。それでもしばらくは永遠の宇宙時間が身体に残っていて、みんながやっている「朝」という幻想から一人だけ目を覚まして、少し遠くから見つめていることしかできない。けれど、波のない一定で永遠の時の流れに比べると、皆が守っている、星の光が強くなった状態を朝と呼ぶルールが、とても楽しいものに感じられる。

永遠に続くこの宇宙時間が、本来の正しい時間の流れであるという感覚はぬぐえないが、皆と一緒にソルの光を「朝」と呼ぶのが、知佳子は嫌いではなかった。

外を見ると、ソルの光がこの、星の突起に空いた四角い穴まで差し込んできた。ソルの熱を持った光は、自分を含む星の表面を照らしている。知佳子がぼんやり、光る星の表面を眺めていると、チャイムが鳴った。

「はい？」

外に出ると、顔色の悪い椿が立っていた。

「二日酔いで……気持ち悪くて。少し休ませて」

「いいけど、このそばで飲んでたの？」

「ううん。自習室の近く」

「それなら、どうしてわざわざ来たの」

可笑《おか》しくなって知佳子は笑った。自習室からこの部屋までは電車を使う必要がある。

「家に帰りたくなくて」

小さく呟くと、椿は知佳子の布団に潜り込んだ。

「今日って、何曜日だったっけ？」

「土曜よ。知佳子はいっつも寝ぼけてるんだから。もう十一時よ。今、起きたの？」

「うん、ちょうど目が覚めたとこ。じゃあ、朝まで飲んでたの？」

「わかんない……いつのまにか、寝てたわ」

「ふうん。友達んち？」

「あの、自習室のあの子と、なんでかわからないけど定食屋で飲んじゃったのよ。それだけ」

「里帆ちゃん？　定食屋でそんなになるまで飲んだの？」

「あとは公園でも少し。よく憶えてないわ。あの子、自棄酒《やけざけ》みたいで、付き合わされたこっちが酔っちゃったのよ」

眉間に皺を寄せて言う椿のほうが、よほど自棄になって見えた。

「なんかあったの？　珍しいね、椿がそんなになるまで飲むなんて」

「……ちょっとね」

「ほんとは、椿のほうが自棄酒だったんでしょ」

笑って水を差し出すと、受け取りながら椿は少し俯いた。

「……彼の母親と私、ずっと揉《も》めてたでしょ。結局、別れることになった。結婚前提で付き合い始めたのに」

「えっ、そうなの」

「子供のことで、ちょっと揉めてね。向こうの親は、血を繋いでくことに固執するタイプの人たちで。古い家の人なのよ」

椿は困った顔で笑った。

「婚約する前に、ちゃんと妊娠できる身体かどうか見定めたいみたいなの。根掘り葉掘り、私の生理の周期まで聞いてくるの。信じられる？」

「うーん、ちょっと珍しいかもねぇ」

知佳子は、椿が昔バスの中で塾の先生に抱きつかれたときのように、間の抜けた相槌を打つことしかできなかった。椿は知佳子の枕に頬を押し付け、目を閉じた。

「私は、嫁は子供を産むための道具みたいに言われるのは、やっぱり抵抗があるし、夫婦生活にまで口出しされるのは、どうしても我慢できないの。向こうは向こうで、私よりもっと若い女がいくらでもいるって陰で彼に言ってたみたいだし……。下手に良家の人だと、苦労も多いのよね。それでも、彼のことは好きだから、なんとかやっていこうと思ってたけど……私より母親に肩入れする彼を見て、あ、これはきっとダメだ、って思った」

「そっか」

「女は辛い。でも、いいこともたくさんあるのよね。だから今までやってこれたのに、不意に、こうして突きつけられるときがあるのよね」

そう言い残して、椿は眠ってしまった。

こうして一緒の部屋にいるのに、椿と私は違う時間の流れにいる。どちらが正しいということもなく、どちらも正しい時間の流れなのだ。同じ場所にいるのに違う空間にいるようで、そのことが少しだけ苦く思えた。

目を覚ました椿と一緒に梅干を崩して入れたお湯を飲み、グレープフルーツを食べた。

「ご飯もあるよ、お茶漬けくらいなら食べられる？」

「いい、食べたら吐く」

椿は顔をしかめた。

「ちょっとトイレ行ってくるね」

知佳子はトイレに座りながら、椿の激しい不快感を思った。嘔吐《おうと》することはあるが、知佳子にはそれも、吐瀉物《としゃぶつ》というより泥に見える。それどころか、排泄物も、水と泥にしか見えない。それを生理的に汚いという皆を見て、やはりこの幻想の世界と生理的に繋がることができていない自分を感じる。泥が押し出されていく岩としての感覚のほうが強いのだ。肉体ではなく物体感覚なのだ。そして、その物体がなんなのかというと、いくら考えてみても、やはり星という結論に行き着くのだった。

トイレを出ると、椿が身支度を整えていた。

「ちょっと話したら、気が楽になったわ。そろそろ帰る」

「あたしは自習室に行くから、一緒に行こうよ」

「知佳子、休みの日にまで、わざわざ遠い自習室まで、よく通うわよねえ」

椿が呆れたような感心したような調子で言った。家にいると、永遠の宇宙時間の中で、星の欠片としてずっと転がり続けているだけだ。それは穏やかな時間ではあるが、途方もない大きな時間の流れと空間の中で、気が遠くなってしまうのだ。人が集まるところで一日過ごして朝や夜を感じられたほうが、知佳子にはうれしいのだった。

二人で家を出て、私鉄に乗って自習室の最寄り駅へ向かった。自習室は知佳子の職場からは近いが、家からだと電車で四十分はかかる。横を見ると、椿は二日酔いがしんどいのか、目を閉じて眉間に皺を寄せていた。

それなのに電車に乗ってわざわざ来た椿の肩が小さく思えて、着ていたカーディガンをストッキングの膝にかけた。

乗換駅についた。ここから、地下鉄で二駅行ったところに、自習室はある。地下に入ろうとすると、椿が呼び止めた。

「自転車あるの。乗せるから、それで行かない？」

「買ったの？」

「盗んだの」

繁華街の路地裏に、水色の自転車が置いてあった。荷台はないが、車輪の脇に銀色の金具がついていて、バランスをうまくとれば乗れそうだった。

鍵を差し込んで、走り始める。左右に揺れる自転車に悲鳴をあげて、椿にしがみついた。

「椿、二人乗りしたことないの？　ちょっと、怖いよ、怖いって」

「ヒールだから漕ぎにくいのよ。我慢しなさいよ」

「あたしが漕ぐよ」

「大丈夫よ。それより、ちゃんと周り見てて。警察がいたら言って、止めるから。見つかる前に降りないとやばいからね」

「なんか、中学生のころとかに、戻ったみたいだねえ」

思わず笑い声をあげた。笑いながら路地裏を走っていると、いつのまにか自習室の前まで来ていた。

自転車の後ろから降りながら、椿にたずねた。

「椿も行く？」

椿は首を横に振り、

「さすがに、今日は寝るわ。また電話する」

と言って、再びヒールでペダルを踏み込んで去っていった。椿の家は自習室から三駅ほどなので、自転車のほうが便利かもしれない。椿が自転車を盗んでいる様子が想像できずに笑った。きっと誰かから借りたものなのだろう。それにしても、椿には自転車が似合わない。その後ろ姿を見ながら、椿の痛みを本当には理解できない自分が、彼女にしてあげられることは何もないような気がして、少しだけ身体が軋んだ。

金曜の夜は、飲み会の予定が入ることも多い。知佳子は今週は自習室へ行かずに、会社帰りに同僚と食事する店へ向かっていた。夜道を歩きながら、サンダルの留め具が取れているのに気付き、立ち止まってかがんで直した。

顔をあげると、前を歩く同僚たちが柔らかい土の塊に見えて、ふっとめまいがした。星の表面で、おままごとをしているんだということが、突然思い起こされる。こうしてまた、自分は一人だけ、おままごとから覚めてしまうのだ。

自分だけが、ふっと、ここは何もない砂場で、お皿の上には何も載っていないこと、ベッドも天井もないことに気付いてしまうのだ。皆はそんな知佳子が立ち尽くしているのにも気付かず、夢の世界でゆっくりと呼吸をしている。

「ほらお父さん、ネクタイが曲がってるわよ」

「お母さん、おみそしる、おかわり」

そうして見えないお椀《わん》を受け取り、皆がすすっているのだ。目に見えない食べ物が、彼女たちの身体を流れていく。

今、まさにそのときと同じ感覚だった。何もない、ただの星の表面で、皆でそれを街だと呼んでおままごとをしている。

でも本当はここは表面なのだ。灰色の氷のような尖った突起が並び、穴が無数に空いていて中は空洞だ。それが規則的にずっと続いている。その上に、星の欠片がたくさん転がっている。

小さな光が、穴の中から点のようになって光っていた。「エネルギーも水のように廻っている」という祖父の言葉を思い出す。あれはアースのエネルギーなのだと思う。アースの中央も、あんなふうに光っているのだと思いながら、突起の中の白い光を見つめた。

「知佳子?」

呼ばれて、はっとした。さっきまで、星の表面に転がる、小さな欠片にしか見えなかったものが、自分の名前を呼んでいる。

「ぼうっとして、どうしたのよ。早く行こ。あそこ、混むのよ」

「ごめんごめん」

そう言って駆け寄った。気がつくと、皆と一緒に星の上にできた幻の世界で「夜」の空気を吸っていた。

「あの店、雰囲気いいからね、混むんだよねえ」

そんな自分の言葉をどこか遠くに聞きながら、どうして皆おままごとから目が覚めないのだろうと、ぼんやり考えていた。

　土曜日、朝から自習室で過ごし、里帆も椿も見当たらないので一人で屋上でご飯を食べていると、ビルの下に伊勢崎が見えた。そばにある有料の庭園に入っていくようだった。

　伊勢崎とはお茶をもらってからたまに話すようになった。彼は庭園のフリーパスを持っていて、気分転換によく利用しているようだった。

　伊勢崎を追いかけて、知佳子も切符を買って庭園の中に入った。

「こんにちは」

　声をかけると、驚いて伊勢崎が振り向いた。

「こんにちは」

「温室ですか?」

　伊勢崎は小さく笑って頷いた。

「よくわかりましたね」

「上から見えたんです。まっすぐ温室に向かってるとこ。好きなんですか?」

「実は、けっこう好きなんです。植物も好きなんですが、あの生ぬるい空気とか、変に落ち着くんですよ」

「へえー、そう聞くと行きたくなりますね。ご一緒していいですか？」

少し考えて、伊勢崎がこちらを見た。

「温室もいいですけど。ここ、外に椅子が出ている小さな食堂があるんですよ。少しそちらで甘いものでも一緒にどうですか？」

「いいですね」

「お茶はティーバッグで、カップは紙なんですけどね」

「じゃ、伊勢崎さんは不満なんじゃないですか」

「いえ、それはそれで、嫌いじゃないんです。たまに飲むと、それもいいなあと思いますね」

真面目な顔で言うので、知佳子は思わず噴き出した。

頭上で木々が波のような音をたてる中、知佳子は伊勢崎と向き合って、シフォンケーキを食べた。伊勢崎につられて、暑いのにホットのハーブティーを頼んでしまった。伊勢崎は緑茶をすすっている。

「伊勢崎さんといると、どこでも縁側になっちゃうみたいですねえ」

「じじくさいってことでしょうか？　それ、よく言われるんです……って、前もなんか、こんな話しましたね」

「そういえば、最初にお話ししたときも言ってましたね。よほど、頻繁に言われるんですね」

「実は、そうなんです。あんまりうれしくないんですけどね」

伊勢崎が困った顔をして、知佳子は声をあげて笑った。

伊勢崎はケーキの食べ方もお茶の飲み方も、丁寧だった。上品というのとは少し違って、大切そうに、美味しそうに一口ずつ味わうのだ。知佳子は、このケーキも星の欠片、とふっと思ってしまいそうになるが、伊勢崎を見ていると、大勢で共有しているこの幻想世界が、とても確かな場所であるように感じられた。

伊勢崎の骨ばった指が丁寧に紙のカップやプラスチックのフォークを扱う一つ一つを、ぼんやり見ていると、

「何かおかしいですか？」

と、少し困った顔で伊勢崎が笑った。

「いえ。私、食べるの早いですね」

知佳子の皿はもう空になっていた。

「あ、おれが遅いんですよ。いつも大勢で食事をすると、おれが一番遅いんです」

お茶を飲み終え、思ったより大きかったシフォンケーキにお腹がいっぱいになった知佳子は、伊勢崎と二人で庭園を散歩した。

ソルの熱はさらに強くなったようだった。ふと上を見ると、上空の大気は真っ青だっ

た。ソルの光の中で、波長が短い青色が強く散乱されているのがよく見える。触れると透明なソルの光が目に見えているのが不思議で、知佳子はぼんやりと青い空中を見つめていた。祖父が、よく、縁側で空を見ながら説明してくれた。だから「空」という感覚は知佳子の中では弱くて、目に見える状態になっているソルの光なのだと思ってしまう。

ふと、自分がゆるりと星の中に沈みこむ気がして、慌てて前を歩いていた伊勢崎に駆け寄り、シャツの裾を摑んだ。

「どうしましたか？」

のんびりとした伊勢崎の声がかえってきた。

「いえ、べつに」

首を振りながらも、ますます力をこめて伊勢崎のシャツを握っていた。

「あの」

「すいません、皺になりますね」

「いえ、大丈夫ですよ」

シャツの裾から手を放すと、伊勢崎がこちらを向いた。なんということもないシャツなのに、そのシャツの皺の形が、とても好ましいと思った。布の内側の肉体が、シャツに好ましい皺を作っているのだと思いついて、ふっと、さっきまで布の窪みに触れていた指が熱を持った。

屋上でメールをしていた椿が、携帯から顔をあげてこちらを見た。

「里帆さん、今トイレにいるって。すぐ上がって来るそうよ」

椿は里帆のことを、いつのまにか「さん」付けで呼ぶようになっていた。あまり好意をもっていない相手に対して椿はいつも距離をおくので、里帆のことがあまり好きではないのかもしれない。けれどそれにしては、夕食のときには相変わらず声をかけるし、突っ込んだ話もする。嫌いというよりは、苛立《いらだ》ちながらも近寄っている感じがした。同性の友達が少ないと自分で言う椿にはそれは珍しいことで、もしかしたらよい友達になれる兆候かもしれないと知佳子は考えていた。

昨日は二人とも見当たらなかったが、日曜日の今日、椿は朝から自習室で勉強をしていた。里帆も昼前に姿を見せ、久しぶりに、夜ではなく昼の強い日光の下で食事をとることになった。

里帆を待ちながら椿は普段以上に念入りに日焼け止めを塗り、日傘までさして屋上に座っていた。一人、濃い影の中にいる椿を、知佳子はふと見上げた。

「あのさあ、心臓がぐーっと押されたようになる感じ。で、身体が熱くなる感じ。誰かと一緒にいるときにそういう感じがするのって、何だと思う？」

椿は顔をしかめてこちらを見た。

「そういうポエムみたいなの、寒いと思うわよ。何かの歌詞？　恋愛の歌って、ほんとそんなのばっかりよね」

「やっぱり、そうか」

知佳子は心臓を押さえてみた。これが恋愛の肉体感覚なのか、と思った。

これほど強く、星ではなく人間としての肉体感覚が自分に訪れたのは、初めてのことかもしれない。

排泄をしているときは星を巡る水が循環しながら自分を通り抜けているのだと感じ、ソルの光が弱まって寒いとき、ソルの熱ではなく宇宙の温度に少しだけ近づいているのだと思い、眠るときは自分が生物ではなく物体なのだと強く実感する。人間らしい肉体感覚は、せいぜい空腹感くらいで、あとはほとんど、星としての物体感覚なのだった。それは、人間の肉体感覚に比べれば弱いものかもしれないが、くっきりと生理的に、知佳子に根付いていたのだった。

ずっとその状態に慣れていたのに、急に人間としての強い生理的感覚が訪れて、知佳子は戸惑っていた。幻想世界の中の感覚にしては、あまりにクリアだった。

ぼんやり考え込んでいる知佳子を見つめていた椿が口を開こうとした瞬間、足音が聞こえた。

「遅くなってすいません」

里帆はいつのまにか、ウィッグをつけなくなっていた。黒髪とは少し印象が違う色素の薄い細い髪をかきあげると、知佳子のとなりに座った。

「よし、じゃあ食べようか」

しばらく他愛のない話をしながら食事をしていると、不意に生ぬるい風が吹いて、里帆のシャツが揺れた。その中の黒いタンクトップを暑そうだなあとぼんやり見ていると、椿が言った。

「こんな日に、そんなものを着込んでると、貧血おこすわよ」

「……これを着ているのが、今の私にとって自然な状態ですから」

里帆が俯きながら答えた。

「もうあなたの言うことにはうんざり」

「椿！」

少々きつい言いかたに、思わず咎めるような声が出た。けれど本当は、知佳子もどこかで里帆をそんなふうに感じていた。

なんでそんなことにそんなにもこだわって、苦しむのだろう。性別なんていうものがこの世に本当にあるのか自体わからない知佳子には、どうしても理解できなかった。

性別なんておままごとの中の単なるルールだ。一時的な夢でしかないではないか。里帆が悩めば悩むほど、ゆるぎないと彼女が信じきっている常識の存在を感じる。その外にいくらでも世界は広がっているのに、どうして苦しみながらそこに留まり続けるのだろう。

椿が小さく溜息をつきながら、里帆を鋭く見た。

「率直に言ってあげたほうがいいのよ。一人で考えると思い込みの世界から抜けられないでしょ」

また始まった、と知佳子は思った。椿と里帆はいつも口論を始めてしまう。そんなことでわざわざ喧嘩《けんか》などしなくてもいいのに、と青い大気を見つめた。

「知佳子さんも、私が甘えてるって思いますか？」

不意に問いかけられ、初めてそちらに目をやると、切羽詰まった顔をした里帆が、ほとんど弁当に手をつけないまま身を乗り出していた。

それを見てやはり彼女にとっては重大な問題なのだと、やっと気付き、知佳子は曖昧に言葉を濁した。

「うーん、どうだろうね……」

知佳子はじっと里帆の身体を見た。性別というものが存在するという信念を決して覆さない里帆に、何を言っていいのかよくわからなかった。

「さあ、難しい話は、苦手だからさ」

はぐらかしていると、椿が立ち上がった。

「私、もう戻るわね」

　去っていく椿を見ながら、里帆が「椿さん、私のことが嫌いなんでしょうね」と呟いた。

「そんなことないと思うよ。椿にも、女であることが辛い感情はあるんだよ。乗り越え方が対極なだけじゃないかな。だからこそ、突っかかるんだよ」

「知佳子さんは、そういうの、ぜんぜんないですか？」

「ないねえ。一度も、そんなの感じたことない」

「そうでしょうね。だって、とても自然ですもん。うらやましいです」

　知佳子はスカートから伸びた膝についた砂を払いながら言った。

「小さいころね。おままごとしてたときにさあ。皆で輪になって、ご飯を食べてる真似をしてたのね」

「はあ」

　何を言っているのかわからない様子で、里帆が相槌を打った。

「それでさ、お姉さん役の子が、末っ子の役の子のおかずを食べる真似をしたのね。そしたら、その子がすごい泣いちゃってさ。お姉ちゃんが、おかずとったーって。それで、あらあら、とか言ってお母さん役の子が真剣に慰めてさあ」

「あの、何の話ですか？」

「みんなでもぐもぐ、空気を食べてただけなんだよ。誰かが、『あんた何もとられてなんかないじゃん、空気じゃん』って言えばそれで済むことなのに、末っ子の子は『お姉ちゃんひどい』ってずっと本当に泣いてて、なんか、皆すごい真剣に慰めてるのね。あたしだけ、ぼんやり、おなか減ったから早く帰りたいなあって思ってた」

あのときとまったく同じ感情だった。おままごとはいつまでも続く。「やーめた」と言えば済むことなのに、誰も言わない。知佳子も、それを言ったら彼女らの大切な何かが壊れてしまう気がして、言えない。里帆にもやはり言うことができず、笑って里帆を見上げた。

「なんでもないよ、とくに意味のない、ただの思い出話なんだけどさあ。こうして皆でご飯食べてると、そういうこと思い出すんだよねえ」

「知佳子さんって、マイペースですよね」

「うん、よく言われるなあ」

「……私も行きますね」

ほとんど中身が入ったままの弁当にプラスチックの蓋をして、里帆が立ち上がった。

「ちゃんとたくさん食べなきゃ、夏バテしちゃうよ」

声をかけたが、里帆は小さく頷いただけだった。

一人残った知佳子は、薄い青い空を見つめていた。

やはりこうしていると、ソルと向かい合って、その星の熱を浴びていると感じる。その感触は心地よい。けれど、皆にとっては日光にはもっと特別な意味があるようで、それが知佳子には、本能的には理解することができないのだった。

知佳子は目を閉じた。ソルの熱は知佳子の表面を暖めていた。普通の人のように、それを暖かい昼間の光だと感じることができない。そのことは冷たいことなのだろうかと思いながら、ぼんやりと、ソルのぼやけた光に指を伸ばした。


今日は昼から伊勢崎と、横浜にある植物園まで伊勢崎の好きな温室を見に行ったついでに、いろんなラーメンが味わえるというテーマパークに来ていた。知佳子のリクエストだ。

伊勢崎とは庭園でお茶をしてからさらに親しくなり、たまにメールをしたり、夕食を共にしたりするまでになっていた。

「もっと、ちゃんとした食事でもいいんですけど。ここでよかったんですか？」

「来てみたかったんです、一度」

「ラーメンお好きなんですか？」

「いえ。ここって、偽物の空があるでしょ」

「空……？」

伊勢崎は怪訝《けげん》な顔で上を見た。そこには、絵に描かれた青い空と雲が、ライトで照らされて夕焼けのようになっていた。

「これが一度、見てみたかったんです」

知佳子は天井に描かれた空を見つめた。

知佳子は、人が作った偽物の世界が好きだった。そこでなら、幻想世界の住民たちとも幻を共有できるからだ。

空があって、街があって、遠くからサイレンの音が聞こえる。ここは架空の街だ。知佳子にとっては、このテーマパークの外の世界も幻の街にすぎなかった。けれどここでなら、「偽物だ」とわかった上で、皆と一緒に楽しむことができる。

「なんか、初めて、空を見たって気がします」

皆が共有している幻想が見せている「空」とは、こうしたものなのかと思いながら、知佳子は偽物の空を見つめた。それは、いつも知佳子が見ている、青が反射してくるだけのソルの光ではなかった。光は少しずつ弱くなり、夕方から、淡い夜の色へと変化した。

知佳子は思わず、藍色に染まった空に手を伸ばした。偽物の空が、どこまでも続いているような気がした。そしてそういう世界の中に、皆も、伊勢崎もいて、そこで生きているのだと思った。

「そんなにこの空が好きなら、外で食べられる店にしましょうか」

伊勢崎は、いくつかあるラーメン店の中で、一組だけ外にテーブルと椅子が出されている店を選んでくれた。知佳子と伊勢崎は、絵とライトでできた空の下でラーメンをすすった。

「美味しいですね」

偽物の夕日に染まって、淡い朱色になった伊勢崎が微笑んだ。

伊勢崎はラーメンの食べ方すら丁寧だった。この世界を大切そうに扱っている伊勢崎を見ていると、ここがとても確かな場所に思えた。伊勢崎の指先は、この世界の全てに優しく触れる。その指先が触れるたびに、この世界が、確実なものになっていくような気がした。

伊勢崎のシャツの皺を見ると、それに触れたい気持ちになる。身体を見つめていると、首と腕と背中の毛穴が全部開ききって、汗が出る直前のような状態のまま、肌が静止する。

中から液体が出ないせいか、皮膚が驚くほどの熱を持った。

心臓と、下腹が軋む感じがする。へそよりも随分低い場所が、ひねられたような微かな痛みをもち、それは子宮が軋んでいるのかもしれなかった。

その一つ一つの体感を、じっくりと味わいながら、ビールを流し込んだ。

これが人間の肉体感覚か。初潮のときにも味わえなかったそれらを、知佳子はゆっくりと確認するように、感じ取っていた。

星ではない肉体感覚が、こんなに強く自分に発生する日がくるとは、知佳子は思っていなかった。

メンマを口に運び、それから烏龍茶に手を伸ばす伊勢崎の顔を見つめていると、真剣な顔で、伊勢崎がこちらを見た。

いつもは一緒にビールを飲むのに、そういえば、今日は彼は烏龍茶しか飲んでいない。何故なのか聞こうとしたとき、伊勢崎が口を開いた。

「おれは、あんまりこういうことには不慣れなんですが。おれたち、付き合いませんか?」

伊勢崎の顔を見た。

「もちろん、無理強いはしないです。平岡さんといると落ち着く感じがして、茶飲み友達になれたらうれしいな、と思っただけなので」

「茶飲み友達」

知佳子は笑った。

「それなら、今でもそうですねえ」

「ですね。だからもっと仲のいい茶飲み友達です。日常を一緒に過ごすような」

「あの、恋人同士になりませんかってことですよね」

「そうです」

知佳子は少し考えて、伊勢崎をじっと見た。

「じゃあ、セックスをしてから決めません？」

伊勢崎は面食らった様子で、箸を持ったまま静止した。

「大事なことだと思うんです」

「……確かに大事なことですが」

伊勢崎は手に持っていた箸を口に運んで噛み付き、顔をしかめた。

「動転して、箸を食べてしまいました。……変わった人ですね、平岡さんは」

「や、そんなことないですけど。ちゃんと、確認してからのほうがいいと思うんです」

「確認って、何をですか？」

「ちゃんと、私たちの間にセックスが成立するかどうかです」

「大丈夫ですよ、きっと」

「いえ、したほうがいいです。私、ちょっと変わってる、かもしれないし。だから、確認したいんです」

知佳子はビールのジョッキを握り締めた。心臓が押される感覚はしっかりと存在していた。

子供のころ、初潮がくれば、おままごとの中で肉体を持って、その世界こそが自分にとって現実になるのではないかと思っていた。しかしそうはならなかった。人間のまま、セックスをすることができるだろうか。星としてではなく人間としてのセックスができれば、いつまでもつづく永遠のおままごとの中で、自分も肉体を持つことができるのだろうか。

痛みを慈しむように、服の上から心臓を撫でた。その中には、確かに強い圧迫感があった。その圧迫感を、一度だけ、信じてみたかった。

今日は会社で残業があり、自習室に寄らずに帰るところだった。駅に向かっていると、椿から電話がかかってきた。

「里帆さんから、電話いってない？」

「きてないよ。どうして？」

少しの間のあと、椿が小さな声で言った。

「少し厳しく言いすぎたかもしれなくて。もし見かけたら、声かけてあげてくれる」

「何があったの？」

「……そんなにたいしたことがあったわけじゃないけど。いつもの口論よ」

なんとなく胸騒ぎがして、そのまますぐに地下鉄に乗り、自習室へ向かった。

もう十一時の終了時間に近く、人は少なかった。座席では里帆が青い顔をして、祈るような姿勢で握り合わせた手に額を押し付けていた。

真っ青になった汗だくの里帆をタクシーで家へ送りながら、知佳子はそっと、苦しそうに俯いている横顔を見つめた。性別を脱ぐどころか無性を着込むようになっている里帆に気付いていたが、早く注意してやればよかったと少し後悔した。

タクシーの揺れで少しは楽になったのか、里帆は目を閉じた。

里帆の細い指を握りながら、きっと、自分も伊勢崎とのセックスに失敗するんだろうなあ、と思った。

小さく喋り続けていた里帆の声が、だんだんと掠れてうわごとのように、途切れ途切れになっていく。それは遠くから響く歌声みたいだった。

「……自習室で……船で……どこか遠くの……自由な場所に漕ぎ出したつもりだった……私に……ノアの箱舟……だったんです……」

「……うん、うん」

知佳子は里帆の掠れた歌に、ひたすら相槌を打っていた。

(ノアの箱舟か……)

その言葉だけが奇妙に耳に残った。知佳子にとっても、自習室は箱舟なのかもしれない。外では、宇宙に飲み込まれて崩壊してしまった幻想世界が、この中だけでは、続いているのだから。たとえ夜十一時には追いだされてしまっても、その世界にいたいためだけに、知佳子はここに通っているのだから。一歩外に出れば、皆の言うところの「世界」は崩壊している。この中でだけかろうじて続いているのだ。

浅い眠りの中を漂っている里帆を、家まで送り届けた。団地の前にくると、「……もうここで……ありがとう、ございました……」と里帆は深く頭を下げた。

「あんまり、思いつめちゃだめだよお」

ポケットに手を入れながら冗談めかして言うと、里帆は目を伏せたまま、「……はい」と、掠れた声をだした。

それが涙声に聞こえて思わず声をかけようとしたが、里帆は団地へ吸い込まれていった。

溜息をついて、帰ろうと振り返った。ふっと、灰色の光景に目を奪われた。それはいつか見た、月の表面の写真にどこか似ていた。やはりここは星の表面だと思った瞬間、そこは団地というビル街ではなく、でこぼこの月と同様の光景へと戻っていた。

土曜日の午後、伊勢崎の部屋を訪れた。

その部屋は、想像していたとおりの清潔そうな和室だった。

「昭和って感じですねえ」

「よく、言われます」

伊勢崎は笑うと目尻に皺がよる。それがとてもいいなあと思いながら、知佳子は窓の外を見た。そこには隣の家の壁があるだけだったが、よく見ると家と家の隙間に小さな竹が生えていた。

「伊勢崎さんって、丁寧に暮らしている感じがしますよね。世界を大切に扱ってるっていうか。そういうのっていいですね」

「平岡さんは、丁寧ではないのですか？」

「たぶん」

風鈴を触りながら笑うと、

「そうは見えませんけれど」

と言いながら、伊勢崎は座布団を勧めてくれた。

「どうぞ」

「あ、ありがとうございます」

座って、やかんでお湯を沸かす伊勢崎の後ろ姿を見ていた。

向かい合ってお茶を飲んでいると、伊勢崎が口を開いた。

「平岡さんは、ひょっとして、性行為が苦手なのではないですか」

「え？」

顔をあげると、伊勢崎はのんびりとお茶をすすりながら淡々と言った。

「それなら、おれは無理強いしませんよ。頑張ってすることでもないと思いますし」

少し考えて、知佳子は答えた。

「いえ、たぶん、とても好きなんです」

「好き？」

「私にとってとても大切な行為です。でも、私は、うまくすることができないから、伊勢崎さんとも、きっとできないんじゃないかと思います。付き合う前に、ちゃんとそれを伝えたほうがいいかなと思って。だって、大事なことでしょう？」

本当は、人間のままで人間とはうまくすることができない、と言いたかったが、それは避けて言葉を濁した。

「好きなのに、うまくできないんですか」

伊勢崎は腑に落ちない様子で首をかしげた。

「人の身体に対しては、どうしていいかわからないというか……」

知佳子は伊勢崎に近づいてじっと見上げた。胸の圧迫感だけが頼りだった。伊勢崎に触れられたとき特有の、全身の肉体感覚は確かにあったが、そこを漂うだけで実際にどうしていいかはわからず、知佳子は「伊勢崎さんは、わかりますか？」と呟いた。

お茶を置くと、伊勢崎が静かに知佳子の髪に触れた。

「わかるつもりです」

伊勢崎と一緒に、ゆっくりと畳の上に横になった。

「大丈夫ですか」

畳が痛くないかと聞かれたのだと思い、知佳子は頷いた。

「はい、畳、好きです。痛くないです」

「いえ、そうではなく。それもですが」

伊勢崎は一瞬躊躇《ちゅうちょ》したが、やがてゆっくりと唇を寄せてきた。

薄く目を開けたまま、伊勢崎の唇と知佳子の唇があわさった。しばらくして、何か濡れた感触が唇にあった。それが伊勢崎の舌だと気付くのに数秒かかった。その感触は、舌というより、濡れた柔らかい草とか、そうしたものに近かった。

舐められていて性的な快感も覚えているのに、朝露に濡れた草原に裸足で踏み入ったような、不思議な心地よさを感じていた。

知佳子は伊勢崎を見上げた。その肌に空いた穴から、水が見える。唇の隙間から見える暗がりで、水が反射していた。よく見ると目も、うっすらと水に覆われている。

この皮膚の中の液体たちはいつか雨になり、飲み水になり、自分の中へと流れてくるのだと、やはり知佳子は感じた。心臓の痛みだけが、そうではなくお前は人間なのだと知佳子に訴えかけていた。

その痛みが破裂して、星としての感覚が消えたとき、自分はこの幻想世界の住民になれるのかもしれない。胸の痛みにすがるように、自分の服の胸元を摑んだ。それが、星ではない、知佳子の人間としての最後の一箇所だった。

伊勢崎はふと、不思議そうな顔をしてこちらを見た。

「どうかしましたか？」

たずねると、伊勢崎は曖昧に微笑んだ。

「なんとなく、知佳子さんが遠い場所にいる感じがしたんです」

「よく言われます」

目の前の伊勢崎が、知佳子にも遠く感じられた。会って話しているときはそうでもないのに、こうして身体を触れ合わせていると、魔法がとけて、伊勢崎が星の欠片に戻っていってしまうようだった。

知佳子は、伊勢崎が肉体だということを感じるために、体温を探して彼の身体に手を這わせた。どこも生温かいだけで、どうしてもアースの表面に手を置いているのと同じ感覚がする。肌の中身を探ろうと、慌てて伊勢崎の頰に手を滑らせ、唇の中に指を入れた。その湿った生ぬるい感触は、泥をかき混ぜているみたいだった。

真似をするように伊勢崎の指が近づいてきて、知佳子の唇に触れる。それはもう、

「指」ではないのかもしれなかった。

　スカートの中の性器にゆっくりと触れられ、足の間から水音が聞こえた。自分の身体から鳴っている音なのに、それは子供のころ、長靴で、水溜りを踏んで遊んだときの音に似ていて、自分の肉体も、泥の水溜りへ変わっていっているようだった。

　さっきまでそこにあった「世界」は、ゆっくりと宇宙に飲み込まれていった。星としての物体感覚が、肉体感覚を静かに押しつぶしていく。

　宇宙は洪水を起こして、いつも世界を壊してしまう。頭の隅で、ぼんやりと知佳子は思った。

　生温かい塊がそのぬかるみに潜り込んでくるのを感じながら、見上げると、そこにいたのは伊勢崎ではなく、オレンジがかったごく淡い黄土色の、小さな隕石に似た物体が覆いかぶさっていた。

　それよりすこし白い、黄色味の強いもう一つの星の欠片が、絡みあうように隕石に巻きついていた。

　自分たちは重なり合う星と星だった。

　やがて、生ぬるい水が流れ込んでくる感触があった。それは特別な水なのだと思おうとしながら、知佳子は目を細めた。隕石から染み出した水が、星の欠片である自分の中に染み込んでくる。ふと周囲に目をやると、薄暗い鏡が見えた。そこには、クレーターに転がる、二つの星の欠片があるだけだった。

畳の上にタオルケット一枚で眠る伊勢崎の頬を、人差し指で撫でた。

おままごとは現実にはならなかった。肉体感覚は、物体感覚にかなわなかった。やはり、知佳子の現実は星の中にあるのだった。

残念だなあと、知佳子は思った。そしてゆっくりと起き上がり、服を着て外に出た。

ソルの光線は星の表面からそれて、宇宙が丸見えになっていた。

灰色の、凹凸が続く星の表面を、知佳子は静かに転がっていった。

知佳子は記憶を頼りにタクシーに指示を出した。

「あ、そこの公園の奥です。そうそう」

車から降りると、里帆の住んでいる団地があった。

ポストを見ると、五〇二号室のようだった。

チャイムを押すと、「はい？」と弟のような声がした。

「里帆さんいらっしゃいますか」

「お姉ちゃあん」

しばらくして、Tシャツにハーフパンツ姿の里帆が出てきた。

「知佳子さん」

「元気？　登校拒否になってるねえ」

「何か、用事ですか」

「天気いいしさあ、どっか、ピクニックでも行かない？」

のんびりと告げると、里帆が拍子抜けしたように言った。

「ピクニック？」

「うん。遠く、行きたくない？　一緒に行かない？」

「どうしたんですか、急に」

知佳子は困った顔で、笑った。

「あたしもね、失敗しちゃったんだあ。二人で、どこかに傷心ピクニックに行こうよ」

里帆は眉間に皺を寄せた。

「慰めてくれるのはうれしいですけど。大丈夫です。私、そんなに傷ついたり落ち込んだりなんか、してないですし、そういう気分でもないんです」

「あれ、ピクニック、やだった？」

「そういう慰めが、一番、やなんです、今はほっといてください」

知佳子は肩をすくめた。

「じゃ、誘拐かな。おいでよ。何か、甘いもの食べさせてあげるからさ」

里帆は渋い顔で外に出た。

「ちょっとだけですよ。すぐ帰ります」

脱ぎ捨ててあったパーカーを手にし、玄関に転がっている大きなビーチサンダルを履きながら、里帆が低い声で言った。

里帆・3

里帆は、目の前を流れる見慣れない風景をぼんやり眺めていた。いつのまにか風景はビル街ではなくなっていて、それだけでなんだかとても遠くに来たような気持ちになっていた。

手を繋がれて、携帯も財布も持たずに家を出て、ビーチサンダルのままふらふらとここまで来てしまった。手ぶらで電車に乗ることなんて、子供のころ親に連れられていたとき以来なので、なんだか不思議な感覚だ。

隣で外の景色を見つめている知佳子に、

「どこに行くんですか？」

と聞いても、

「さあ、どうしようかなあ」

と、のんびりとした答えが返ってくるだけだった。どうやら、知佳子にも、特に明確な目的地があるわけではなさそうだった。

財布がないので知佳子とはぐれたら家に帰れなくなる。そう思うと少し心細かったが、横にいる知佳子はまるで家の庭で日向《ひなた》ぼっこでもしているような様子で、

「まぶしいなあ」

と、空を見ながら目を細めた。

外には工場地帯が広がっていた。殺風景といえばそうだが、それでも、家のある辺りに比べると格段に空が広い。

「食べる?」

知佳子はキャラメルを差し出した。里帆は頷いて、一つ口に入れた。知佳子のポケットには、いろんな味の溶けかけたチロルチョコやラムネなどがたくさん入っていた。

「ずっと外に出たくなかったんですけど、外に出ると帰りたくなくなりますね。どこにも行きたくないんですね、きっと、私」

キャラメルを舐めながら小さな声で呟いた。

どこにも行きたくないし、どこにも進みたくない。もうこのまま、どんな性にもならずにうずくまっていたかった。

知佳子はチョコチップクッキーをかじりながら、こちらを見上げている。知佳子には、普通の人が重く受け止めたり引いてしまうような話をしても、どこかのんびりと聞き流

すようなところがある。つい甘えたくなってさらに先を続けた。

「もういいんです。どこにも出口なんてなかった。大海に漕ぎ出す船だと思って乗り込んだ場所が、実は行き止まりだったんです。だから戻るしかないんです。わかってるんです、ほんとは」

「へえ、そうなの」

「何かあったなんて嘘《うそ》なんでしょ、知佳子さん。慰めようとしてくれてるみたいだけど。そういう気分じゃないんです。どこに行っても辛いし、もう、進みたくないんですよ、私」

　里帆の、自分で言っていても嫌になるような子供っぽい呟きをまったく気にする様子もなく、淡いベージュの花柄のスカートの上に散らばったお菓子の屑を払いながら、知佳子が言った。

「傷心ピクニックって、そんなときほど、するもんじゃん？　まあ、つきあってよ。里帆ちゃんじゃなくて、あたしが、ちょっと、いろいろあったから、誰かとピクニックしたいの。あ、誘拐だったっけ」

　知佳子は笑って電車の座席にもたれかかり、こめかみを窓につけて外を見つめた。

「で、何しに行くんですか？　べつに目的地があるわけじゃないんでしょ、知佳子さん」

「秘密だよ」

「どこかで遊ぶつもりですか？」

少し考えて、知佳子が言った。

「違うよ。遊びを、やめに行くんだよ。皆がしてる遊びをやめちゃうの。『やーめた』って、一緒に、言いたくない？」

知佳子の呟きで窓が曇った。里帆は外の光景がぼやけたのを見ながら、

「知佳子さんって、なんだか、門限が過ぎても遊んでいそうですけどね」

と肩をすくめた。

「里帆ちゃん、呑気だなあ、誘拐されてるのに。子供のころ、学校の帰りの会で言われなかった？　油断してると、もう二度と、おうちに戻れなくなっちゃうかもよ」

知佳子の花柄のスカートや、夕日のようなオレンジ色のペディキュアが塗られた爪先が、サンダルをぶら下げてゆらゆらと揺すっているのに目をやり、知佳子のほうがよほど誘拐されてしまいそうな少女に見えると思った。

夏の日差しで茶色く透けた睫毛がどこか懐かしくて、そういえば、子供のころ、よく窓際で仲がいい女の子とお絵かきをしながらふっと視線を上げて、こんなふうに裸の睫毛を伏せて真剣な表情をしている友達の顔をじっと見てしまうことがあったな、と思った。

あの教室で、自分は確かに「女の子」だった、とぼんやり考えていると、知佳子に肩を叩かれた。

「ついたよ。おいで」

知佳子が手をとって向かう電車の扉から、白い光が差し込んで、里帆は目を細めた。知佳子の手は熱かった。体温が高いその手を握って、里帆は歩き始めた。


知佳子に連れられるまま観覧車に乗り、花の咲いた公園を歩き回り、店の売店でソフトクリームを食べた。

デートスポットで有名なような場所なのに、知佳子といると小学校の放課後、五時のチャイムが鳴るまで遊び続けたころに戻ったみたいだった。

知佳子に連れまわされて疲れ切った足で公園の一番奥の道へ出ると、茂みの向こうに海が見えた。

「知佳子さん、すごい、水平線が見える」

誰よりもはしゃぎそうな知佳子が、公園の向こうにある灰色のビル街を見たまま呟いた。

「灰色の星だね」

それを聞いて思わず空に目をやったが、曇っていてどこにも星など見えなかった。

「少し遊んでく？」

こちらを見た知佳子は、いつもの様子にもどっていた。知佳子が指差したのは、小さな砂浜へ続く道だった。公園の中に、遊泳はできないが磯遊びができる海があるのだった。何人かの若者のグループが、はしゃぎながら足を海につけて遊んでいた。

「ちょっと入ってみよっか」

知佳子は言い終える前にもうサンダルを脱ぎ捨てて、海に足先をつけていた。

「ちょっと知佳子さん」

慌てて里帆も、玄関先からつっかけてきたビーチサンダルを脱ぎ捨てた。知佳子はもう、ふくらはぎまで波が来るところに進んでいた。

「待ってくださいよ」

里帆はぬるりとした感触に慌てながらあとを追った。よく見ると、砂浜にはくらげが何匹も干上がっていて、海中にもくらげの姿が見えた。里帆の手のひらほどの魚の死体まで浮いていた。

「知佳子さん」

にごった水が、海というよりどぶに近いように思えてきて、困って声をかけた。知佳子はじっと水平線を見つめていた。

「あ、水」と呟いて知佳子が空を見上げた。

見ると雨が降っていた。

「ほんと、水にまみれた星だなあ」

「え？」

「里帆ちゃん、行こっか。風邪ひいちゃうよ」

「あ、はい」

知佳子と一緒に急いで海からあがって、洗い場へ行き、砂を流した。

「遊びって、いつになったら終わるんだろうね」

知佳子が呟いた。

「みんな、早くやめればいいのになあ」

「もう帰りたいですか？」

「そろそろ解散かなあ。家に帰るまでが誘拐だからね。送っていくよ」

相変わらずのんびりとした口調でおかしなことを言いながら、知佳子が里帆の頭を撫でた。

帰りの電車の中で、知佳子が言った。

「少しは楽しかった？」

「ぜんぜん。……知佳子さん、初めて会ったとき、夜のピクニック、好きだって言ってたじゃないですか。今からしませんか？」

「あれは、本の話だよ。里帆ちゃん、今度は帰りたくなくなっちゃったの？」

知佳子の言葉に、ベッドの下にねじこんでいる白い紙や、クローゼットの奥深くに仕舞い込んだ胸を潰すタンクトップなどが頭に浮かび、反射的に頷いていた。

「ほんとに、子供みたいだなあ。どこにも行きたくないし、帰りたくないか。そっか、そうだよね」

もう地下鉄は、里帆の家の最寄り駅までついてしまっていた。外に出ると雨が本降りになっていて、知佳子がコンビニで傘を買った。

時計を見ると夜の十時を過ぎていた。

知佳子は強張った里帆の顔に手を伸ばし、眉間を弾いた。

「顔がずっとしかめっ面《つら》のまま固まってるよ、里帆ちゃん。ま、いっかあ、じゃあもうちょっとだけ散歩でもしよっか。ちゃんと家に電話しなよ、携帯貸してあげるから。本当に誘拐になっちゃうし」

知佳子は里帆に手を差し伸べた。ふと、雨の中で自分が溺れているような気がして、知佳子の指を掴んだ。

傘の先から落ちた大きな雨粒が、知佳子の手首から流れ落ちていった。

知佳子と里帆は、誰も使用していない自習室の個室の中にそれぞれ隠れた。個室は値段が高いわりに背後にブラインドがおりるだけという簡単なものなので、使用している人はあまりおらず、いつもあいているのだ。

机の下に潜り込み、足元に雑然と置かれたひざ掛けやパソコンのケースの奥に隠れる。知佳子の話では、この自習室では夜十一時の利用時間を過ぎたあと、最後の人が電気を消して帰ることになっている。それでも粘って勉強していると、四十分ごろに警備員がやってきて、最後の点検と戸締まりをして帰っていくのだそうだ。だからその警備員にさえ見つからなければ、朝までいられるとのことだった。

電気が消されてしばらくして、足音が近づいてきた。ブラインドが上がってひやりとしたが、まさか机の下に隠れているとは思わないのか、すぐにブラインドは再び下ろされた。

足音は、今度は知佳子のいるほうの机に近づいていった。自分のときより緊張して息を止めたが、とくに問題はないと判断されたようで、足音は遠ざかっていった。

遠くでドアの音がして、それでも十分ほど息を潜めていると、知佳子のひそひそ声がした。

「もういいかな？」

「……行ったみたいですね」

「意外と甘いんだね。簡単に泊まれちゃうね、これじゃ」

「こんなところに泊まろうとする人がいないだけですよ」

一応、用心のために明かりはつけないまま、知佳子と里帆は個室から這い出た。

「本当に成功するとは思わなかったなあ。こういうところに忍び込むのって、わくわくするね」

「そうですけど、お腹、減りましたね」

コンビニによったとき食料を買ってもらっておけばよかったと後悔しながら、里帆が腹をさすった。時間を過ぎているため、外の指紋認証の機械は動かないだろうから、一度外へ出たら中へは戻って来られないのだ。

「ラーメンならあるよ」

知佳子は自分の机に行き、棚からカップラーメンを取り出した。

「よく、こんなもの置いてありますね」

「わりとそういう人多いけどな。でもお湯は給湯室だから、このままかじってね」

暗い部屋で、二人で向かい合ってカップラーメンをかじってすごした。乾いたチャーシューも意外と美味しくて、すぐに食べてしまった。

眠くなってきて、リフレッシュルームに置いてあった経済新聞を一部拝借し、机の間の通路に何枚か敷くと、二人で縦一列に寝そべった。頭と頭を近づけて寝ているので、時折、里帆の頭のてっぺんを知佳子のふんわりとした髪の毛がくすぐった。

　自習室に置いていたクッションを枕代わりに、着ていたパーカーを肩にかけながら、小さいころ、夏、従姉妹《いとこ》たちとこんなふうに畳の上で雑魚寝《ざこね》をしたなあと、ぼんやり思い出した。

「里帆ちゃん、まだ起きてる？」

　知佳子の声がした。

「起きてます」

「里帆ちゃんのしたいセックスってさあ、どんな感じなの？」

　唐突な質問に戸惑っていると、知佳子が続けた。

「性別のないセックスって言ってたけど。それって、本当にそんなに珍しいものなのかなあ」

「え？」

「性別を脱いでセックスするってさ。そんなの、里帆ちゃんが思ったより、よくあることかもしれないじゃん？」

「まさか」

「言わないだけで、本当はそういう人がいっぱいいたりして」

　知佳子の悪戯っぽい笑い声が聞こえた。

「だからさ、頭で考えすぎないほうがいいよ。自分の身体を信じたら、それが里帆ちゃんのセックスなんだよ、きっと」

「……そうしたいんですけど。ベッドに入ると、自分の身体が何を喋りたがっているのか、わからなくなるんです」

「自分がどんなふうにセックスしたいのかさあ。相手がいると、相手に引きずられちゃうんだよ、里帆ちゃんは。もっと自由に、自分に素直に、自分にとってのセックスがどんなだか、今度、人間じゃないものとでもしてみれば？　ほら、その枕にしてるやつとかさ」

知佳子の言葉に、思わず声をあげて笑ってしまった。

「クッションとセックスですか」

「別に、人間が相手じゃなきゃいけない決まりはないじゃん。クッションとだって、きっとセックスできるよ」

「そんなこと、できないですよ。知佳子さんって冗談ばっかり」

里帆は笑いながら、クッションに頰を押し付けた。

外からの雨の音が強まった気がして、里帆は小さな声で言った。

「なんか、ますます強くなったみたいですね、雨」

「ほんとだね。水がすごい勢いで、空から地面に染み込んでる」

「私、最初に来たとき、なんだか氷川丸に似てるって思ったんです。こうして寝そべって水の音を聞いてると、なんだかほんとに船の中みたい」

　こうしてどこか遠くに漕ぎ出していけるのならいいのにと思いながら、里帆は呟いた。

「知佳子さんは、遠くに行きたいって思ったことありますか？」

「………」

「知佳子さん？」

　返事はなかった。知佳子は眠ってしまったようだった。その寝息を聞きながら、瞳を閉じたが、頭が冴えてなかなか寝付けなかった。

　里帆は知佳子を起こさないようにそっと起き上がり、リフレッシュルームである通路に出た。まだお腹がすいているので、お菓子が残っていないかと思ったのだ。

　皿を覗きこむと、クッキーやあんドーナツなどはなくなってしまっていたが、飴はまだたくさん残っていた。

　一粒、レモンの飴を口にいれ、薄暗いリフレッシュルームの椅子に腰掛けようとして、クッションを抱いてきてしまったことに気がついた。

　無意識のうちに人恋しくなってしまっているのかもしれない。自分の体温が染み込んだクッションを撫でながら、ふと、思いついて立ち上がった。

　甘酸っぱいレモンの飴を奥歯で嚙みながら、もう一つの、パソコン可のほうの部屋のドアをあける。中央に行きクッションを置くと、里帆はそれと向かい合って座った。私がしたいのはどんなセックスなのだろうか。知佳子の冗談を真に受けたわけではないが、なんとなくクッションに触れてみた。ファスナーをさぐりあて、カバーを脱がす。中には白いナイロンのクッションがあった。

椿の肌を思い浮かべた。自分は本当に椿に、性別を超越した本当の椿に触れられていたのだろうかと思いながら、静かにナイロンの上に手をのせた。

ナイロンの肌にゆっくりと手のひらを滑らせる。そこには胸もペニスもない。どうして、人間は、こんなふうにただの肉体になれないのだろうと思いながら、少し力を込めてクッションを摑んだ。

ナイロンの感触の向こう側に、椿を思い浮かべた。すると、下半身にふっと熱が灯った。

自分と同じように性別に苦しんでいる人をずっと探していた。自分と一緒に、ベッドの中で性別を脱いでくれる人をずっと探していた。けれど、熱が灯るのは子宮なのだ。

里帆は俯いたまま、やけになってナイロンを愛撫した。

目を閉じると、それがほんとうに、椿の白い皮膚であるような気がした。胸やペニスである以前に、いとおしい肉体なのだと想像しながら、ゆっくりとナイロンを撫で続けた。相手の性欲を引きずり出そうとする愛撫ではなく、慈しむような手つきになり、里帆の体温がクッションに染み込んでいく。それに呼応するように、クッションが少しずつ、本当に温度を持ってきているように感じられた。

里帆はいつのまにか、前のめりになって夢中でクッションを撫で回していた。初めて付き合った先輩と手を繋いだとき、恐怖はどこにもなかった。あったのは、相手の体温を少しでも感じたい、慈しみ合いたいという、単純な欲望だった。そのとき里帆は、繋いだ指を動かして、絡めて、少しでも相手の感触と温度を味わおうとしていた。その指の動きを思い起こしながら、里帆はクッションを撫で回した。あのとき手のひらでやっていたようなことを、全身でできたら。そう思いながら、クッションを抱き起こして腕の中におさめた。里帆の体温がうつって温かくなった裸のクッションが、こちらを慈しむように腕の中で揺れていた。

里帆に抱きしめられたクッションには皺が寄っていた。椿の首元にからみついた、淡い溝のような皺を思い浮かべながら、必死にそこを撫でた。そこは、女でも男でもない、椿がいままで生きてきた証《あかし》が染み込んだ、人間の肌だった。

自分がしたかったのはこうした行為なのかもしれない。だとすると、それは拍子抜けするほど健全で、まっとうなことにすぎなかったのだ。視界がじんわりとぼやけて、クッションに滴《しずく》が落ちた。

記号としての男や女の身体ではなく、ただ、肉体そのものとして愛し合う、そんな単純なことができなかったのは、自分が記号の中に閉じ込められていたからかもしれない。滴はとまらず、里帆の腕やクッションに落ち続けた。

水滴を閉じ込めるようにぎゅっと目をつむり、里帆はナイロンに静かに口付けた。

外からは波のような雨の音が続いていた。


泣き疲れたのか、いつのまにか、クッションを抱きしめて眠っていたようだった。頬にナイロンの感触を感じながらうっすらと目をあけると、暗闇が広がっていて、今が何時かもわからなかった。

起き上がって、知佳子のいるほうの部屋のドアをそっとあけて中に入ると、知佳子はまだぐっすりと眠っていた。その静かさが少し怖くなって、思わず小声で「知佳子さん」と呼びかけたが、返事はなかった。

見回すと、机の並ぶ部屋全体が、時間が止まったように感じられた。

雨の音が止《や》んでいることに気付いた。

窓のブラインドの隙間をあけて外を見ると、ビルも人間も消えており、そこに広がっているのは、はるか遠くまで続く、灰色の凹凸だった。

石筍《せきじゅん》がびっしりと生えたような光景に飲み込まれ、身体が固まった。硬い岩の隆起は時を止められた灰色の波になって、こちらをじっと見上げていた。

驚いて、駆けもどって知佳子を揺り動かした。

「知佳子さん、知佳子さん」

「ん、なにい？」

外が、と言いたかったが、喉が詰まって言葉にならなかった。

知佳子が寝そべったまま目をあけて、そのままぼんやり薄闇を見つめた。寝ぼけているのかとも思ったが、なんとなく怖くて、必死に何度も唾を飲み込んで言葉を発した。

「外、そと……が」

「外？　……ああ、水の降る音、しないね」

雨ではなくて水と言うのが、なんだか親しんできた雨とまったく離れたものに感じられて、里帆は置かれているパーカーを握り締めた。

「もう、ぜんぶ星の中にもどったのかなあ。空の水」

知佳子は独り言のように呟きながら、起き上がり、ブラインドに近づいて指で隙間をあけ、覗き込んだ。

「あ、すごい、もうぜんぜん降ってないよ。ね、里帆ちゃん」

ブラインドの隙間から微かに光が差し、里帆はふらりと立ち上がった。

知佳子の指の隙間から光が差し込んでいるように見えた。近づいて外を見ると、空はさっきよりだいぶ明るくなっていた。

光景は元に戻っていた。ビルの間をタクシーが通り、歩道を人が歩き始めている。

さっきのは夢だったのだろうかと朝日を見ながら、

「おはようございます……」

と呟いた。髪の毛がぐしゃぐしゃになっていた。

「おはようって、自然に言える人のとこに、朝はちゃんと発生するんだね」

知佳子が微かな声でそう呟き、「えっ」とその言葉を聞き返そうとした里帆の背中を叩いた。

「さ、もう人が入ってきちゃうよ。行こ、行こ。十分、傷心ピクニックしたっしょ」

知佳子は机のほうへ戻り、新聞紙を片付け始めた。

「ほら里帆ちゃん、寝ぼけてないで、早く早く」

「あ、はい」

手招きする知佳子に歩み寄りながら、ふと振り向いた。ブラインドの隙間からは、さっきよりも強くなった白い光が、一筋、差し込んでいた。

知佳子・3

知佳子は目をあけて、枕元の時計を見た。いつのまにか、うたたねをしていたようだった。

携帯電話のスケジュールにセットした、月曜日のアラームが響くまで、金曜の夜から続く宇宙時間は途切れない。しかし今週は椿の家へ行って一緒に夕飯を食べる約束になっていたのだ。時間を見て、慌てて起き上がって支度を始めた。

週末はやっぱり苦手だなあと、パジャマ代わりの古いシャツを脱ぎながら思う。相変わらず、金曜日の夜から、月曜の朝のアラームが鳴るまで、一定の星の中の時間が続いてしまうのだ。自習室に行かなくなってからは、特にそれがひどくなっていた。

Tシャツの上にGジャンを羽織り、急いで外へ出た。

走って駅の中に入り、リュックを背負ったのんびりとした様子の集団が何組かいるのを見かけ、電光掲示板を見て、やっと、今が夕方ではなく朝の六時だと気がついた。いつ眠るともいつ起きるともつかない週末、朝焼けと夕焼けを間違えてしまうことは、知佳子にはしばしばあることだった。

空を見ると、さっきよりソルの光は強まっている。またやってしまったなあ、と苦笑いしたが、戻る気もせずに、ホームへ滑り込んできた電車に乗った。

座って外を見ると、確かに光の角度が夕暮れのものとは違う。光の強さは感じるのになんで間違えてしまうんだろうと思いながら、ポケットを探って、中に転がっていたキャラメルを口に入れた。

さて、どうしようか、と知佳子は考えた。乗換駅までは三十分ほどだが、そこから地下鉄に乗って椿の家に向かっても、まだ寝ている時間だろう。しょうがないので、乗換駅で降りて、一日時間をつぶそうと思いながら、目を閉じた。頰に、ソルの熱を感じた。

しばらくうとうとしていると乗換駅につき、知佳子はあてもなく散歩し始めた。自習室へ通っていたころはよく来た場所だが、最近はまったく立ち寄ることはない。

傷心ピクニックからすぐ、里帆は自習室をやめた。少し悩んだが、知佳子も退会届を出した。「知佳子までやめるとは思わなかったわ。まあ、いいけど」と深く理由は追及しなかった椿だけが、いまだに自習室に通い続けている。

ついこの間まで、第二の住まいのようにしていた場所に入ることもできなくなったことが、なんとなく不思議だった。

あの日、知佳子はおままごとの外へ、里帆を連れ出すつもりだった。知佳子の暮らす世界まで、里帆を導こうと思っていた。

里帆はきっと、本当は「やーめた」と言いたいんだ、なのにおままごとの中に閉じ込められてしまっているだけなのだと思ったのだ。知佳子のすむ世界は、里帆にとっては理想郷なのではないかと感じていた。

里帆と見た観覧車からの景色は、まさに星の表面だった。遠くには灰色の凹凸があり、緑色の木々があり、海も緑も灰色の突起たちも共に波打っていた。

その後、ぬるりとした海に足をつけた知佳子は、やがて上から降ってきた生ぬるい水が、この星を、知佳子を、くぐりぬけているのを感じていた。星はどんどん水にまみれていった。知佳子も星になって、その中を水が通り抜けていた。

誰かと一緒のときに、ここまで、人間ではなく星の欠片になったのは、珍しいことだった。それは、一緒にいる里帆が、幻想世界のスイッチを切りたがっている人だからなのだろう、とそのときは思った。

けれど、違うのだとわかった。まどろみの合間、目をあけて里帆がいないのに気付いた知佳子は、隣の部屋まで探しに行った。ドアをあけて声をかけようとした瞬間、部屋の中央で、里帆が真剣な表情でクッションに触れているのを発見した。

知佳子は思わず暗がりの中の里帆をじっと見つめていた。里帆がクッションに口付けたとき、彼女はきっと、一生、性別をやめることはないだろうとわかった。無性という性別であっても、それは知佳子の「無」とはまったく違うものだろう。

やっぱり、里帆はあの世界と繋がっているし、それを望んでいるのだ。おままごとから目を覚ますのは自分だけでいいのだと、知佳子はあの夜、理解したのだった。

知佳子はそばにある有料庭園に入って時間をつぶすことにした。

早朝だというのに、思ったより人がいっぱいいた。

芝生に寝そべって、ソルの光線を全身に浴びる。自分は、今、ソルと向かい合っているのだなあと思うと、横になって寝ている感覚が遠ざかり、自分は星に貼り付いて宙に浮いているのだということを思い出す。

うとうとしそうになりながら、ぼんやりその感覚を味わっていると、ソルの熱がふっと弱まった気がして、眩しくて閉じていた目を薄く開いた。

「すみません、昼寝の邪魔をしてしまって」

そこで知佳子の顔を覗きこんでいたのは、伊勢崎だった。

「うわっ、びっくりした」

声をあげて起き上がると、伊勢崎が軽く頭を下げた。

「屋上から、ここへ向かって歩いているのが見えたんです。それで、つい……申し訳ないです」

「いえ、ちょっと驚いただけなんで……こっちこそ、ごめんなさい」

あれから、何度か携帯電話に連絡がきていたが、何を話せばいいのかわからないまま、不在着信を放置していたのだった。

「屋上って、自習室のですよね。あそこは、私たちしか知らないと思ってました」

頭についた葉っぱを取りながら言うと、伊勢崎が笑った。

「おれは知ってましたよ。でも、いつも占領されていたので」

「……すいません」

ばつが悪そうにすると、伊勢崎が困った顔をした。

「いえ、そういう意味じゃないんです。少しだけ、座ってもいいですか？」

「はい、もちろんです」

伊勢崎は横に座った。知佳子は転がしていた鞄から缶ジュースを取り、差し出した。

「これ、飲みますか？」

「いいんですか？」

「はい、ぬるいですけど」

知佳子は飲みかけの水のペットボトルを取り出して口をつけた。

「何でも出てきますね、知佳子さんの鞄は」

感心した様子でジュースを一口飲み、しばらく考えたあと、伊勢崎が口を開いた。

「自習室、やめたんですか」

「はい」

「おれのせいでしょうか。嫌な気持ちにさせてしまったなら、本当にごめんなさい」

「そんなこと、まったくなかったです」

知佳子の言葉にほっとした表情をしながらも、首をかしげて知佳子を見た。

「突然、連絡がとれなくなったので、てっきり、よほど嫌な思いをさせたのかと思っていました」

「いえ、それは本当にごめんなさい。何て説明していいのか、わからなかったんです」

「……あの日」

少し間をあけて言いにくそうにしていたが、伊勢崎は口を開いた。

「知佳子さんは自分の行為は少し変わっているかもしれないと言いましたが、どこがそうなのか、おれにはよくわかりませんでした。でも、知佳子さんがどこか遠い場所に行ってしまっているような感じはありました。けれど、それは、そんなに特殊なことではないように思います。普通、人間は誰でも自分の世界を生きていて、性行為をしたからといって、それが融合されるとは限らないし、それでいいんじゃないかと思うんです」

「はい」

「二つの離れた世界のままでも良いのではないですか？　もし、知佳子さんが自分の世界を守るために、おれから離れたとしたら、これだけは言っておきたいと思って。おれはその場所と無理矢理融合したりしようとしません。おれの住んでいる世界も特殊かもしれないし。だから無理しないで、それぞれの呼吸を守りながら一緒にいられれば、それでいいし、そのほうがいいんです。そんな感じでも、おれとはやっていけそうにないと、思いますか？」

伊勢崎の言っていることは当たっているようにも思えたし、とんでもない的外れのようにも感じられた。人間としてセックスし続ける伊勢崎と、星の欠片として溶け合う知佳子が寄り添う姿を想像した。

それも悪くないことかもしれない。ベッドの中で、まったく同じ時間を共有する必要はないのは、伊勢崎の言うとおりだろう。

しばらく考えて、知佳子は、腿の横の芝生を見つめ、ゆっくり摑みながら言った。

「私、小さいころからセックスをしている相手がいるんです」

伊勢崎は面食らった様子だったが、「はい」と頷いた。

「でも、それは恋愛とは少し違っていて。もちろん、付き合ったりしてるわけでもなく。ただ、ずっと一緒なんです。伊勢崎さんのこと、私、好きでした。でも性行為をしてみて、私はやっぱり、その相手としかセックスできないし、それがとても好きだと気付きました。恋愛感情とはまったく違うのですが、すごく落ち着くし、安心できる一体感があるんです。すごく、優しい快楽を共有できるんです。小さいころから、ずっと恋愛に憧れてました。でも、自分はやっぱりその相手とだけ、性行為しながら、生きていこうかなって思ったんです」

伊勢崎は驚いた様子で、しばらく知佳子を見ていたが、やがて、困ったように笑った。

「そういう、普通の失恋だとは思いませんでした。そうだったんですね」

「言っていなくて、すいません」

「いえ、では、知佳子さんには、家族のような本当に大切な人がいるんですね」

「家族？」

「恋愛とは違うかもしれませんが。でも、そんなふうに、特別、落ち着けるというのも、立派な恋愛の一つの形だと、おれは思いますよ」

すっかり他に恋人がいることになってしまった知佳子は、「ほんとに、ごめんなさい」と再び頭を下げた。

「いえ、謝らないでください。きっと、素敵な人なんでしょうね。どんな方か伺っていいですか？」

「なんというか……大きい人です」

「心が広いってことですか？」

「うーん、面積かなあ……」

知佳子の言葉に笑う伊勢崎を見て、きっと、相撲取りのような人を想像しているのだろうと、知佳子も少し可笑しくなった。

「話が聞けて、よかったです」

「いえ、あの、本当に、ごめんなさい」

「謝らないでください、恋愛しようとしてくださった相手がおれで、うれしかったです」

人間だということになるとだいぶひどい話だと思うのだが、伊勢崎は目尻に例の皺を寄せて笑っただけだった。

「それじゃあ、ごちそうさまでした」

立ち上がった伊勢崎が、ふっと指を知佳子の髪に近づけた。

「葉っぱ、まだついてましたよ」

知佳子は伊勢崎の指の間から降ってきた、小さな緑色の星の欠片をうけとった。

伊勢崎は微笑むと、頭を下げてゆっくりと立ち去っていった。知佳子は手の中の、湿った葉を握り締めながら、ぼんやりとその姿を眺めていた。

結局夜までは時間をつぶせずに、昼ごろ椿に電話をすると、「朝と夜間違えるなんて、どれだけぼうっとしてるのよ。だらけてるなあ。いいよ、昼からで」と言ってくれた。

家に入って一緒にカレーを作り、テーブルで向かい合って食べ始めると、知佳子の携帯電話が鳴った。

「メール？　誰から？」

何気なく聞いた椿に、「里帆ちゃんだよ」と答えると、椿は少しばつが悪そうな顔で「そう」と呟いた。

「元気なの？」

「うん。椿、ファミレスにも行ってないみたいだね。里帆ちゃん言ってたよ」

「知ってる顔があると、勉強に集中できないだけよ。もう試験も終わったし」

不機嫌そうにテレビのチャンネルを変えながら、椿が言った。

「けっこう仲良くてさあ。たまに、ご飯とか食べてるんだ」

「ふうん」

「頑張ってるみたいだよ」

「何をよ？」

「身体の実験みたいなことかなあ。そういうの、繰り返して、自分なりの性を摑んでいくものじゃない？　このまま、ずっと揺らいでいてもいいかもしれないしね。そういう形の性別も、あっていいと思うし」

携帯電話を鞄に放り込んだ知佳子を、椿がぼんやり眺めた。

「なに？」

「ううん。知佳子もそうなの？」

知佳子は思わず瞬きをして椿を見た。

「なんで？」

「なんとなく。自習室の人と、ちょっとあったでしょ。知佳子は言わないからさ。意外と秘密主義なんだから」

困った顔で笑うと、「ま、深くは聞かないけど」と椿はスプーンを置いた。

「辛くしすぎたね。チャイでも飲まないと食べられないわ。知佳子も飲む？」

「うん」

頷くと、椿は立ち上がり、お湯を沸かし始めた。その背中を見ながら知佳子が言った。

「あたし、たぶん、ずっと椿みたいになりたかったんだと思う。今は、まあいっかって思うようになったけど」

「なによそれ。突然、失礼ね」

「失礼じゃないでしょ。うらやましかったって話なんだからさあ」

「でも、もう、別にいいやって思うようになったんでしょ」

「わかんない。なんとなく、そう思えるようになったの」

椿がこちらに背を向けたまま言った。

「私は、知佳子みたいに自由になりたかったよ」

「自由？　そう見える？」

「わかんないけど、いつもそう見えてた」

「そっか」

それ以上なんと言っていいのかわからず、外を見つめた。

外を星の光が照らしていた。その光景を、誰かと共有することはなくても、星が過ごしている永遠の時間の中で暮らしていくことは、悪くないように思えた。

「来週の日曜日も、来ていい？」

呟いた知佳子に、「何、突然？　別にいいけど」と椿が言った。

「もうそろそろ、空が高くなってきたわね」

こちらを振り向いた椿の呟きに、知佳子も空を見た。青く染まったソルの光線があるだけで、その高さを感じることはできなかったが、椿と一緒にいると、知佳子にもその空が見える気がした。


椿と別れて外に出るころには、もうかなり外は暗くなっていた。

知佳子はゆっくりと、四角い突起が無数に生えた表面の上を歩いていた。知佳子はクレーターのような、突起と突起の間の黒い隙間を転がっていた。

ふと気付くと、朝方伊勢崎と会った庭園のそばへ来ていた。

庭園を見ると、伊勢崎のシャツの皺が思い浮かんだ。胸の圧迫感は、まだ知佳子の中にあった。知佳子は、自分が伊勢崎に告げた言葉を思い出していた。

自分は人間としてではなく、星の欠片としてのセックスを選んだのだ。どこかで、いつか皆と同じようにおままごとの世界の中で肉体を手に入れて、そこでずっと人間として暮らすことを望んでいた。けれどもう、その未練は伊勢崎への肉体感覚と一緒に断ち切ろうと思った。

物体としての自分の中に、人間としての肉体感覚と、星としての感触がゆらめいている。知佳子は、星であることを、はっきりと選ぼうと思ったのだ。

有料庭園はゲートが閉じられていた。知佳子はこっそりとゲートを乗り越えて中に入った。

知佳子は薄暗い芝生の中を歩いた。なるべく星の表面が露になっているところを探し、奥にある小さなグラウンドのような、土がむき出しになった場所を見つけた。

知佳子は膝をついて、星の表面に触れた。

知佳子が土に触れるとき、それはいつも「地面」ではなかった。知佳子には、それはアースという星——宇宙で唯一、直接触れることのできる星——の、表面でしかなかった。

アースという星の表面に触りながら、知佳子は心の中で呟いた。

(セックスしてみよう。人間としても星の欠片になってしまうなら、いっそ、徹底的に、星と)

アースとセックスをする。物体として、アースと強い物体感覚で繋がる。それで、身体に残る、微かな人間としての肉体感覚を消滅させたかった。

知佳子は目の前の星に指を差し込んだ。土の匂いが鼻を掠める。中の生ぬるさは、ソルの熱がまだ残っているのか、それともこの星自身の熱なのかと思いながら、知佳子はさらに指を星に沈めた。

顔を近づけると、さらに強く星の匂いがした。知佳子は重力に従うように、顔に空いた柔らかい穴を星に押し付けた。口の中に柔らかい砂が入り、それが知佳子から染み出る水で濡れていく。

果てしなく大きな塊と、自分と、大きさはまったく異なっても、大きな欠片と小さな欠片、星の欠片同士として向き合っているのを感じていた。

背中には宇宙が広がっていた。

知佳子は自分の皮の内側にある、粘土のように柔らかい臓器たちが、強い熱を持っているのを感じていた。

目の前の大きな星の内側にも、燃える粘土があるのだ。そう思うと、「エネルギーも水のように廻っている」という祖父の言葉が、頭の中にひんやりと甦った。

知佳子は星の表面に、自分から流れ出る透明な水を染み込ませ続けた。知佳子の身体が、肉体ではなく物体になっていく。物体の知佳子にまとわりついていたおままごとが解けていく。

知佳子は、重力にまかせて静かに星に吸い寄せられた。目を閉じると、柔らかい皮に包まれた粘土のような臓器たちは、熱を持っていた。

知佳子は、自分の中央にある水溜りを星へ摺《す》り寄せた。そこからも、静かに水が流れ出ていた。

自分の身体に空いた水溜りを押し付けると、皮膚の中の赤い粘土は熱を持つ。まるで自分が燃える星の一部であることを主張しているかのように。

自分は燃える石なのだ。この自分が向き合う星のずっと奥が、同じように赤く燃えている。この巨大な星の奥底と、自分が、同じように、今、燃えている。

知佳子はヒトであることを脱ぎ捨てて、星の欠片になっていた。

生物である以前に自分は物質なのだという当たり前のことを思い出す。柔らかい燃える粘土は、生ぬるい水を染み出させながら、重力に任せて静かに揺れていた。

知佳子は自分の中の粘土に宿った熱を確認しようと、ぬかるみをさらに星にこすり付けた。星の中で燃える熱と呼応するように、知佳子のエネルギーは高まっていく。

強い熱が知佳子の中の粘土を、激しく震わせた。目の前の星の奥にある熱い粘土と呼応するように、知佳子の柔らかい内部がかっと熱くなった。

身体から熱と水が流れ出て、それは目の前の惑星に流れ込んでいく。惑星のひんやりとした表面の温度と湿気が知佳子にゆっくりと染み込んでくる。二つの欠片は溶け合っていた。

水と熱の宿った物質になった知佳子は、静かに星に触れた。茶色い星と知佳子の熱と水が混ざり合っていく。知佳子は柔らかい粘土になって、ゆっくりと星の中に沈んでいく。

そこの境界線はなくなっていた。顔をあげて横を見ると、知佳子は星になってどこまでも続いていた。遠くに見える灰色の凹凸まで、すべて知佳子なのだった。

知佳子は地表と一体になっていた。指先が土に触れ、目を閉じたまま、知佳子はそれを握り締めた。湿った感触に、まるで手を繋いで眠る恋人同士のようだと思いながら、寝息のような深呼吸を繰り返した。知佳子から押し出される風が、闇に溶けて、ゆっくりと星の上を流れていった。

解説

市川真人

本作『ハコブネ』が文芸誌「すばる」に掲載されたのは二〇一〇年秋のこと。単行本として刊行されたのはまる一年を経過した翌二〇一一年の晩秋で、本文庫に収められたのはさらに五年後、二〇一六年の十一月である。

本の奥付や所出表記を見れば一目瞭然の、なおかつ、いかにもマニア然とした些細《ささい》な年月を冒頭に羅列するなど、本来なら解説として愚策に過ぎる。小説の余韻を味わいたい読者の興を削《そ》ぐのはもちろんのこと、本篇を読む前に解説ページを開く特殊な（しかし一定の割合がある）読書習慣の持ち主たちにとっても、鼻白むことこのうえないはずだ。すでに読んだ作品を褪色《たいしょく》させかねないことも、これから読み始める作品への期待を薄らがせることも、解説にとってはみずから失格と吐露することにほかなるまい。

だが、それでもなお本解説が刊行年月から書き始められたのは、著者の芥川賞受賞を契機に文庫化がようやく可能となったという事実こそ、『ハコブネ』という作品にとって構造的な必然として訪れたものであることを〝解説〟しておくためである。そうして、あらかじめ予告しておけば、そうした道行きは村田沙耶香という小説家にとってほとんど宿命のようなものであり、なおかつ、近い将来に乗り越えられなければならない（本書の読まれる時期によっては、とうに乗り越えられているはずの）運命のようなものなのだ。

十冊目の単行本となる中篇『コンビニ人間』が第一五五回の芥川龍之介賞を受賞したとき、少なからぬ読み手たちが驚いたのは、それが村田沙耶香にとって初の芥川賞候補作であったことだ。

もちろん、前年の又吉直樹（『火花』）や数年前の黒田夏子（『ａｂさんご』）、諏訪哲史（『アサッテのひと』）らをはじめ、最初の候補作で受賞することは、少ないとはいえ珍しいことではない。しかし、デビューから十三年が経過し、すでに（芥川賞と並んで「新人三賞」と呼ばれる）野間文芸新人賞と三島由紀夫賞において、前者は一度目の候補で早々に、後者は逆に四回の候補歴を重ねて受賞と、キャリアの大半を通じて安定した評価を得てきた村田沙耶香が、芥川賞においてはいままで候補にすら挙がっていなかったという事実は、あらためて人々を驚かせるに十分だった。

もちろん、賞の有無がそれだけで作品の価値を定めるものではまったくないし、最終的な選者と候補作の選出者たちが同一でない以上、その「出来事」自体をなにか不適切なもののように言うことには意味がない。ただ、ほとんど未必の故意のように、芥川賞の候補作から外れ続けてきたことには（そのかんの作品にはむろん出来不出来もあるのだし、そもそも候補作の選ばれ方自体が詳《つまび》らかにされぬ以上、単に「候補となった賞には、熱狂的な支持者がいた」というべきかもしれぬが、それでも）、村田沙耶香の小説が持つ、独特の性質が反映しているに違いない。そしてそのことが、村田沙耶香という小説家の才能と未来を示してもいるのである。その可能性を、本作『ハコブネ』を例に読者諸氏とともにみてゆくことが、本解説の目的である。

すでに読了された方々にはおわかりの通り、『ハコブネ』は、一九歳ひとりと三一歳ふたりの、三人の女性の物語だ――年齢と身体的性別を軸に名指せば、そのようになる。ほかにも、たとえば職業を軸にすれば「フリーターひとりと、ふたりの会社員の物語」であり、性的な自己認識を軸にすれば「女性ひとりと、第二次性徴をやりなおしている性別不詳ひとり、それから無性あるいはテラ（地球）を性の対象とする者ひとりの物語」ということになる。そのように分類を増やしてゆくことは、言うなれば分類そのものを無効化し無意味化することであって、村田沙耶香の小説が、デビュー作である「授乳」（〇三年）からずっと、そのような問い返しと攪乱に満ち満ちていることは、彼女の作品の読者たちにとっては、いまさら確認するまでもない。

とはいえ、確認するまでもないと思われることほど、しかし実際に丁寧に確認を重ねてゆくと、難所につきあたるものだ。

たとえば、本作の主人公のひとり「里帆」がむきあう自身の性の問題は、当初は「もしかして、自分は男なのではないのだろうか」という、トランスジェンダー的なものとして捉えられる。だが、タンクトップとウィッグで男装ならぬ〝第二次性徴前装〟をして、気になっていた女性の友人を押し倒しても、里帆は期待していた満足や着地点を得ることがない。「女性でないのだから男性ではないか」、そう期待する二分法は、当然のように打ち破られるし、「無性愛、パンセクシャル、Aセクシャル」……、さまざまなカテゴリーを情報の海から捜し、そのどれかに自分を嵌《は》め込めないかと願っても、里帆はどれからもはみ出してしまう。

同様の難所は、三一歳会社員の「知佳子」にも訪れる。長年の友人「椿」とともに、作品の舞台となる自習室に通う彼女だが、美しく男性の影も絶えない椿とは違って、男性との恋愛関係が巧《うま》くない。異性に関心がないというより、「異性」の定義が一般と違いすぎていて、自分でもよくわかっていないのだ。彼女が性的な興奮を覚えるのは、雨のぬかるみをかき混ぜることとか、星の表面（としての大地）に触れるとかいった、一般には性的と呼ばれない相手や行為によってである。「アースとセックスをする」

――そう呼ぶ行為によって（祖父の影響で彼女は、太陽をソルと言い、地球をアースと呼ぶ）、彼女は「境界線をなくし」「一体となってゆく」。しばしはセックスの隠喩として用いられるそんな紋切り型は、知佳子の大地相手の行為を描写するときには、比喩でなく「文字通りのそれ」として訪れるのだ。

しかしそもそも、私たちの生きるこの世界において、「文字《そ》通り《れ》のそれ」であることの、いかに困難であることか。

たとえば、私は私の生殖器の存在によって、私の性を（いったんは、外的に）規定される。人々は、男性器がついているから男性であり、女性器がついているから女性であると、胎内から超音波の拾うかすかな影さえも手がかりにいまだ生まれぬ胎児の性を名指そうとし、ときにその予測に一喜一憂しすらする。合コンで生グレープフルーツサワーの果実を前に「絞れない～」と甘えて見せる〝女子力〟を軽蔑する程度には成熟した社会においても、「男の子なんだから」「女の子らしく」といったクリシェはなお生きていて、駅のトイレや商業施設の売り場などさまざまな場所で今なお「男か、女か」といった選択が強いられるのだし、「FtM」「MtF」のような性自認の捉え方をしたとしても（「MtX」のような未定の性自認ですらも）、「to」という移動の出発点は〝Fないしは M〟という生物学的二分法からは逃れられないでいる。

私たちが世界と対峙《たいじ》する最大の武器であり、不可欠の楯《たて》である「認識」は、しかし、つねに／すでに「それ通りのそれ」に「文字」を重ね、その文字が含まれる言語、帰属する文化、共同体の規範にわずかでも、あるいは大幅に、引きずり込んでゆかずにはいないのだ。

本作『ハコブネ』においても、家庭教師との倒錯的関係を描いた『授乳』に始まる村田沙耶香の一連の作品（「家族」への欲望を満たす「カゾクヨナニー」を描いた『タダイマトビラ』にしても、十件の出産と一件の殺人を等価交換する『殺人出産』にしても、性交を介さない結婚と妊娠を描いて海外数カ国でも好評を博した短篇「清潔な結婚」にしても）においても、そこで描かれているのは（いっけんそう見えるのとは違って）性的マイノリティの問題の「それ自体」ではない。問い返しと攪乱によって村田沙耶香が戦い続けてきたのは、性的マイノリティへのそれもふくめた、あらゆる抑圧をかたちづくる可能性のある「慣習」であり「当然のこと（とされているもの）」であって、いわば「認識そのもの」なのだ。

だからこそ、そこには何重もの困難がある。

たとえば、彼女の「仲間」を自認する（それぞれにリベラルだと思っていて、実際に相対的にはそうである）作家たちが村田作品や本人の振る舞いへの敬意や愛情とともに

「クレイジーさやか」と彼女に綽名《あだな》をつけたとして、あるいはそれをメディアが喧伝《けんでん》するときに、その呼び名が同時に「クレイジーでない」自分たちとの線引きであり、無意識に（ときに意識的に）安全地帯を確保する行為であることに、村田沙耶香は気付かざるを得ないはずだ。

たとえば、自分が作品を通じてあるいは存在そのものとして試み続けている問い返しと攪乱は、続けるほどにそれ自体で慣習や惰性となり「当然のこと」となって（周囲が村田沙耶香を「そういう作家」と認識すればするほどさらに）、「認識」としての自己模倣と反復に陥ることに、彼女は書くほどに気付かざるを得ないはずだ。

彼女の問いを真の意味で共有した瞬間に、彼女の周囲にいる者たちの足元は音を立てて崩れていくのだし、彼女の問いに彼女自身が安住した瞬間に、彼女の足元もまた、底無し沼のように彼女を捕らえてゆく。この解説の冒頭で触れた「なぜ村田沙耶香が候補にならなかったのか」も、そうしたことと無縁ではない。遠くから見ている分には自明に思えるその作品の魅力も、いざ権威づけようとするとそうする自分たちの足元が揺らぐ――そのことに潜在的に芥川賞は気付いていたにちがいない。

デビューからの十三年間、村田沙耶香は、そうした困難や危うさを抱え、そしてそのことに怯《ひる》むことなく（怯むほどの器用さを持たずに）書き続けてきた。その結実が、この『ハコブネ』であり、六年後に訪れる『コンビニ人間』とその受賞でもあったはずだ。

逆に言えば、村田沙耶香という作家を特徴づけてきたその愚直さや「まっすぐであること」は、物語としても一般読者への接続においても過不足ない役目を果たした芥川賞受賞作の誕生によって、そろそろその時期を終えるべきだということでもある。『ハコブネ』の発表から四年を経た二〇一四年、英語版のFacebookは、ユーザーの選択できる「性別」を五十数通りに増やした。「agender（性自認無）」「bigender（両性自認）」「cis male（生物学的にも性自認も男性）」「fluid（流動的）」「questioning（未決定）」「neutrois（中性）」等々があるだけでなく、特筆すべきは、ユーザーが新たに自分の性別を表す語を作り、設定・公開することもできることだ。『ハコブネ』の里帆なら「questioning」だろうし、知佳子は「earth」とでも書くだろうか。こうしたFacebookの試みだけ見ても、二十一世紀初頭に村田沙耶香が問い続けてきたことの必然はあきらかだ。と同時に、世界にはすでに／つねに無数の里帆や知佳子たちがいて、彼女たちが村田作品を待望し、そしてそこから自分たちの足でさらに前に進むだろうことも、言うまでもない。

ようやく訪れたそんな世界を前に、村田沙耶香は、次に何を書くだろう。長い「初期」を終えた彼女の、成熟とは無縁な、しかしこれまでとは違うカタチの愚直さで描かれた「中期」の扉が、いま開こうとしている。

（いちかわ・まこと　文芸評論家）

初出誌　「すばる」二〇一〇年十月号
本書は、二〇一一年十一月、集英社より刊行されました。

集英社文庫

ハコブネ

2016年11月25日　第1刷
2020年6月15日　第3刷
定価はカバーに表示してあります。

著　者　村田沙耶香《むらたさやか》
発行者　徳永　真
発行所　株式会社　集英社
東京都千代田区一ツ橋2-5-10　〒101-8050
電話　【編集部】03-3230-6095
【読者係】03-3230-6080
【販売部】03-3230-6393（書店専用）

印　刷　大日本印刷株式会社
製　本　大日本印刷株式会社

フォーマットデザイン　アリヤマデザインストア　　マークデザイン　居山浩二

ISBN978-4-08-745514-4 C0193